Wielandstraße XII

Macht's in Harmonie

von

Kujo Hamm

Die Wielandstraße

Wer – Wo – Was macht die Harmonie
Wolf Dieter Kornelli: Besitzer der Computerfirma ARC – SOFT AG, nach dem Tod seiner Frau Renate heiratet er Sulami. Er ist Kulturdezernent der Stadt, Vorsitzender des Chores und Orchesters von HARMONIE e.V.

Knuth Hall: Funk- und Fernsehredakteur, Studio im Haus, Produziert die CDs von HARMONIE. Geschieden, Tochter Christina; verheiratet mit Lisa Hinz: Bibliothekarin, Buchhändlerin, Sopranistin.

Herbert Schiller: Friseurmeister, Geschäft in der Stadt, gestorben. Nina, seine Frau, Lona, Tochter, Stefan Heimer, Schwiegersohn, Sohn Willi lebt mit Friseurin Christine Ulf in der Wohnung über dem Salon. Aktiv im Chor- und Orchester HARMONIE

Hanno Siebert: Finanzbeamter, Christel, seine Frau stirbt an Nierenversagen. Ulf, der Sohn ist Leiter der Behindertenwerkstatt und Chor- und Orchesterleiter, heiratet Elfriede Schneider, Computerspezialistin.

Werner Hampf: Rechtsanwalt und Notar, Lebensgemeinschaft mit Günter Malz, Richter am Amtsgericht.

Norbert Luther: Priester, Caritas-Direktor, Koordinator für Bestattungen im Friedwald. Verheiratet mit Lieselotte Lehmann, Hotelfachfrau und Autorin. Sohn Thomas arbeitet im Auftrag von Kornelli in Dallas.

Michael(Welser, Priester, Neffe von Konrad Hammlo), Mutter Alina und Jutta Wander(Rabbinerin) verheiratet mit Michael.

Werner Hinzke: Rechtsanwalt, Geschäftsführer von HARMONIE e. V. In dem Büro werden Chor und Orchester koordiniert.

Anna und Bernd Siffert. Sie Prokuristin bei ARC SOFT, er Redakteur bei der Tageszeitung WIELAND, Manuela, Adoptionstochter aus Indien.

Auch du, mein Schatz, warst wieder dabei in Wort und Sinn, ich danke dir so wie ich bin

Mit Geist, Erinnerung und Sinn

Geschichten aus der Wielandstadt

In der Kantstraße 24 leben Inge und Walter Hamel. Inge war bis 2004 Psychotherapeutin in der Klinik in Wielandstadt, danach war sie in Pension, Walter arbeite noch immer bei ARC Soft als Techniker in der Informatik. Ihre drei Töchter, Alina, Rebekka und Simone waren verheiratet und lebten in Münster, Lippstadt und Unna. Inge hatte den drei Töchtern je die Prospekte vom FriedWald mit der Bitte geschickt, ob sie Interesse daran haben, und bat sie noch, zum Gespräch nach Wielandstadt sich mal anzumelden.

Nach ein paar Tagen meldeten sie sich und sagte ihrer Mutter, sie kämen in den Herbstferien, ob ihre Männer mitkommen könnten. Inge sagte ihnen zu und begann, in dem oberen Stock die drei Zimmer herzurichten. Doch eine Woche später rief Simone an:

„Mutter, wir können nicht kommen, denn ich und meine Geschwister und unser Männer sind zur Lehrerkonferenz nach Köln geladen. Wir melden uns wieder."

„Gut, aber ich und Papa sind traurig, trotzdem viel Erfolg."

Als Walter am Abend zurückkam, berichtete Inge vom Gespräch.

„Meine Liebe, was hältst du davon, dass wir jetzt schon unsere Mädchen und ihre Männer ohne sie zu fragen, im FriedWald anzumelden?"

„Gut, Walter, dann gehe ich morgen früh mal zu Norbert Luther gehen, mal sehen, was er dazu hält?"

„Mach das, liebe Inge, nimm aber die Geburtsurkunden unserer Töchter mit."

Bei einem Glas Wein und einer halben Pizza für jeden aßen sie zu Abend und verbrachten die Zeit am Fernseher bis zu Bett gehend. Sie saßen am nächsten Morgen gerade beim Frühstück, als das Telefon läutete. Es war Tochter Rebekka.

„Mutter, ich komme doch in den Herbstferien, habe etwas mit dir zu besprechen. Ich fahre nicht mit nach Köln. Einverstanden?"

„Gut, Rebekka, wir erwarten dich."

Als Inge bei Norbert ankam, lud er sie zu einer Tasse Espresso ein. Dabei zeigte sie ihm die Geburtsurkunden von den Töchtern:

„Norbert, meine Töchter können leider nicht kommen, weil sie zur Lehrerkonferenz nach Köln eingeladen sind, lediglich Rebekka wird in den Herbstferien zu uns kommen."

„Haben sie alle schon die Broschüren vom FriedWald?"

„Ja, ich habe sie ihnen geschickt. Müssen sie den kommen, um an unserem Baum eingeäschert zu werden, wenn eine stirbt?"

„Nein, Inge, hier habe ich das Formular vom FriedWald, wollen wir es fertig stellen?"

„Gut, Norbert, genügt es, wenn ich es unterschreibe?"

„Ja, Inge, das reicht. Ich mache das Formular fertig."

Er ging mit den Geburtsunterlagen zur Anna, seiner Sekretärin, und gab ihr den Auftrag. Nach fünf Minuten kam sie und reichte der Inge das Formular. Sie unterschrieb und gab es Norbert.

„Norbert, was sind wir dir schuldig?"

„Also, Inge, erstens habt ihr den Baum 921 erworben, dann als Mitglieder von HARMONIE braucht ihr nichts zu zahlen."

„Danke, Norbert, brauchst du noch die Geburtsurkunden?"

„Ja, ich gebe sie euch nächste Woche bei der Chorprobe zurück."

Er machte vom Formular noch drei Kopien und gab sie Inge."

Am Abend zeigte Inge ihrem Walter die Formulare.

„Inge, hast du sie schon an die Kinder geschickt?"

„Walter, wen die beiden Töchter aus Köln von der Konferenz zurück sind, werde ich sie schicken. Wenn Rebekka kommt, werde ich ihr es schon geben."

Eine Woche später war Rebekka bei ihnen und begrüßte ihre Mutter.

„Was ist los mit dir, bist du schwanger?"

„Ja, Mutter, im vierten Monat. Eine Untersuchung hat gegeben, dass es eine Tochter sein wird."

„Ah, deshalb warst du nicht zur Lehrerkonferenz?"

„Ja, Mutter, du wirst also bald Oma sein. Ich freue mich schon auf die Geburt."

„Papa wird es heute Abend freuen, wenn er es hört. Weiß es also schon dein Rainer?"

„Ja, er weiß es und hat mir auch geraten, zu Hause zu bleiben."

„Meinst du, er berichtet es auch denen in Köln?"

„Ich denke schon, dass er es tut, wenn sie fragen, warum ich nicht mitgekommen bin."

„Rebekka, ich wünsche dir Erfolg. Ich habe etwas für dich."

Sie reichte ihr das Formular. Sie studierte es und sagte ihr dann:

„Mutter, Rainer und ich habe es auch schon beraten, ich glaube die anderen auch, das zeigt uns allen doch, dass wir eine harmonische Familie sind."

Als Walter am Abend zurückkam, begrüßte er seine Tochter und Inge berichte ihm, dass er bald Opa werde. Er nahm Rebekka in den Arm und wünschte ihr Glück und Erfolg.

An dem letzten Herbstferientag kamen die Töchter mit ihren Männern aus Köln über Wielandstadt und läuteten bei der Mutter. Es öffnete Rebekka und sagte, dass Mutter sicher bald vom Einkauf zurück sei. Sie nahmen im Wohnzimmer Platz. Nach einer viertel Stunde kam Inge wieder nach Hause, räumte in der Küche die Sachen ein und hörte im Wohnzimmer Stimmen. Sie sah ihre Töchter und deren Männer und begrüßte sie.

„Mutter Inge, gibt es hier in Wielandstadt oder den Vortorten erstens ein Haus, wo wir uns nieder lassen und zweitens gibt es hier freie Lehrerstellen für uns?"

„Also, wenn ihr bis Freitag hier seid, da haben wir Chorprobe von HARMONIE, dann kann ich euch sicher sagen, was wir tun können."

„Wenn du nichts dagegen hast, bleiben wir bei dir, unsere Schulzeit beginnt erst am Montag nächster Woche."

„Gut, dann helft mir, eure Zimmer herzurichten."

„Mutter, das machen wir, du solltest aber auch wissen, dass wir beiden auch schwanger im zweiten Monat sind."

„Mein Gott, dir sei Dank, ich freue mich. Vater sicher auch, aber nun lasst uns nach oben gehen."

Nach einen halben Stunde waren die Zimmer im Oberstock fertig eingeräumt, Inge kochte schnell für alle ein Mittagessen und reichte es ihnen im Wohnzimmer mit Getränken.

„Sagt noch mal, warum ihr hierher ziehen wollt?"

„Unsere Mieten in unseren Wohnungen mit den Ausgaben wurden von Monat zu Monat teurer, da haben wir uns gedacht, dass ihr uns helfen könnt."

„Gut, aber warten wir den Freitag ab, da wissen wir mehr. Vater hat eine Lebensversicherung, diese können wir sicher für euch verwenden."

Am Freitag am Abend nach der Probe fragten sie Kornelli nach Möglichkeiten. Er nannte den beiden ein freies Haus mit sechs Zimmern in Alsenborn und werde sich im Internat hier erkundigen, ob ihre Kinder Anstellung finden und sie am Montag informieren. Sie sagten ihm, dass die Kinder am Montag wieder weg seien, er könne sie informieren, dann würden sie es den Kindern mitteilen.

Am Samstag fuhren sie alle nach Alsenborn, sahen das Haus und waren alle voll Begeisterung. Walter sagte ihnen, dass er es in der nächsten Woche für sie kaufen werde. Sie bedankten sich bei ihm.

„Vater Walter, gibt es hier auch eine Schule?"

„Hier gibt es nur eine Niederlassung der Musikschule aus Wielandstadt, kommt, wir besuchen sie mal."

Sie fuhren hin und hörten vom Hauptlehrer, dass die Kinder sicher bei ihrer Schule Anstellung finden. Danach fuhren sie nach Hause und berichteten Inge vom Ereignis. Sie aßen zu Mittag Pfannkuchen und Gemüse, als das Telefon klingelte. Es war Kornelli, der Walter mitteilte, dass die Kinder in Alsenborn bekämen und eine Anstellung dort erhielten. Sie sollten von ihren Schulen die Kündigungen mitbringen und in Wielandstadt abgeben. Walter bedankte sich und sagte es den Kindern.

Vater Walter, oder können wir auch Papa sagen? Wir sind für eure Hilfe dankbar, werden also in einem Monat unsere Kündigungen vom Haus und in den Schulen dir in einem Monat schicken.

„Kinder, habt ihr hinter dem Haus in Alsenborn die Solaranlage auf dem Wintergarten gesehen?"

„Nein Papa, aber das ist schön, denn sonst hätten wir sie gekauft, Sind sie dort auch Str16omversorger?"

„Ja, Kinder, die Firma ARC SOFT hat hier und in den Vororten viele Stromversorgungen übernommen. Wir hier sind auch dabei und haben kaum Kosten."

„Papa, schön, habt ihr auch Solaranlagen?"

„Ja, haben wir, habt ihr auf dem Hinter Dach die vielen Glasfenster oben gesehen? Unter den Glasfenstern sind die Solaranlagen eingefügt, das haben wir gemacht, damit der Regen hier nicht die Elektrokabel zerstört. Darum haben wir es so gemacht."

„Wenn die Solaranlage hinter den Fenster ist, hat sie dort noch die gleiche Substanz wie auf dem Dach?"

„Sie wurde von ARC-SOFT installiert, also eine Firma, die sich mit dem Klima hier so gut auskennt, so haben sie es in vielen Häusern auch gemacht. Alsenborn liegt hinter den Bergen hier, darum wurden dort andere Methoden angewandt wie hier in Wielandstadt."

„Das heißt doch, dass es dort ein anderes Klima gibt?"

„Ja, so ist es, wenn hier im Winter immer viel Schnee liegt, so gibt es das in Alsenborn in der Form weniger. Wichtig war, das die Computerfirma es richtig begriffen hat und die Abteilung entsprechend die Solaranlagen eingerichtet. Wichtig ist nur, das ARC-Soft fast hier überall die Stromversorgung und die Telefone nach DSL eingerichtet hat und verwaltet. So gut geht es uns hier, und nochmal: wir leben hier kostengünstig."

„Papa, dürfen wir hier auch rauchen?"

„Habt ihr mich noch nicht so gesehen? Ich gehe immer nach draußen, um eure Mutter nicht zu schädigen. Im Winter rauche ich dann auf dem Balkon. Also, wollt ihr eine Zigarette rauch, ich gehe mit euch hinaus und rauche auch."

Die Männer der Runde gingen also hinaus und steckten sich jeder eine Zigarette in den Mund und wunderten sich, dass Walter eine dunklere Zigarette mit Spitze hatte.

„Papa, warum nimmst du nicht eine von uns?"

„Ihr seht doch, meine ist dunkler als eure, ich drehe meine selbst. Wenn sie brennt, dann riecht mal."

Kurz danach rochen die jungen Männer immer mehr.

„Papa, die riecht ja wie eine Pfeife."

„Nun, ich sagte ja, ich drehe selbst: 30 Prozent sind normaler Tabak, dieser wird gemischt mit Pfeifentabake. Das schmeckt mir immer gut. Meine Kollegen bei ARC-Soft, die auch rauchten, sind fast alle auf meine Handhabung eingestiegen."

„Uns schmeckt der Rauch auch, du musst uns, wenn wir hier wohnen mal zeigen, wie du das drehst. Wann rauchst du deine?"

„Ich rauche fünf an einem Tag. Also weniger als die, die normale Zigaretten rauchen. Ich zeige euch gerne, wie ich drehe. Ihr seht ja, eure Zigaretten schnell zu Ende sind, während meine erst zur Hälfte geraucht ist."

„Warum rauchst dann nicht Pfeife?"

„Ihr wisst doch, dass Inge und ich im spanischen Torrevieja eine Yacht haben, wo wir auch im Urlaub wohnen. Dort sind vor einiger Zeit schon, als ich noch Pfeife rauchte, alle meine Pfeifen durch die Feuchtigkeit kaputt gegangen. Da bin ich auf die Idee gekommen mit dem Selbstdrehen."

„Wie groß ist denn eure Yacht?"

„Mein ‚Seehund' ist 12 m lang und dreifünfzig breit. Auf Deck kocht Inge, dort frühstücken wir, essen nach der Siesta zu Mittag und genießen am frühen Abend Quark mit Früchten. Danach machen wir oft einen Gang durch den Hafen, ja und später schauen wir dort auch Fernsehen, denn wir haben auf dem Kai eine Satelittenschüssel, wie hier auf unserem Dach. Dort habe ich auch einen Laptop mit Internetanschluss und kann so Kontakt mit

ARC-SOFT aufnehmen. Also uns beiden geht es dort richtig gut."

„Ich habe gefragt, wenn wir euch in den Ferien euch dort mal besuchen, wo wir dort wohnen können?"

„Das lässt sich leicht regeln, erstens gibt es am Hafen dort genügend Pensionen, wo man wohnen kann, zweitens, wenn unser Direktor nicht dort ist, könnt ihr auch auf seiner Yacht wohnen. Ich rate euch aber, nicht mit dem Auto zu kommen, die Preise von hier nach dort sind zu hoch, also fliegt, wie wir, mit Air Berlin von Frankfurt aus nach Alicante, dort hole ich euch dann mit unserem Auto dort ab. Und wenn ihr öfter kommt, fliegt immer, ihr könnt euch ja bei Torrevieja ein Auto kaufen und entsprechend wie wir in der Nähe des Flughafens in Alicante parken. Das kostet weniger als bei uns. Und ihr könnt dann auch auf unserer Yacht leben und wohnen, wenn wir nicht dort sind. Jetzt ist meine Raucherei auch zu Ende, gehen wir wieder hinein."

Drinnen fragten sie noch, wie hier der FriedWald ist. Walter holte aus dem Büffet eine Broschüre und gab sie ihnen. Sie waren begeistert von der Broschüre und gaben ihr Einverständnis, das sie und deren Kinder im FriedWald aufgenommen werden und bei einem Tod hier beigesetzt werden.

„Papa, müssen wir dafür auch zahlen?"

„Nein, Kinder, nur das Krematorium muss noch extra bezahlt werden. Wichtig aber ist, dass ihr bald hier wohnt."

„Jetzt noch eine Frage: was kostet eine Yacht in Torrevieja, wir wurden gerne eine eigene Yacht dort besitzen."

„Zurzeit werden dort einige Yachten zum Gebrauch verkauft, also in eurem Sinn muss sie, damit ihr alle darauf wohnen könnt, muss sie ca.15 m lang und 3,50 breit sein. Sie kosten etwa 20.000 €. Hinzu kommen noch die Liegegebühren etwa für 2.250 € im Jahr."

„Ihr habt ja das Haus in Alsenborn schon bezahlt, wenn wir alles zusammen zählen, könnten wir es uns leisten. Brauch wir auch eine Schifffahrt Genehmigung?"

„Nur, wenn ihr hinausfahren wollt, die könnt ihr in Torrevieja bei der Anmeldung einholen."

Zusatz:

Ein Vierteljahr später war alles erledigt. Die Kinder wohnten in Alsenborn und hatten noch vor dem Winter ihre Yacht in Torrevieja gekauft und genehmigen lassen. In Wielandstadt bekamen sie ihre Anstellung im Schulwesen Anfang des neuen Jahres. In den Osterferien wurden Inge und Walter einmal Oma und Opa, kurz nach Pfingsten noch zweimal.

Geschichte Isabella und Konradis

Kujo Hamm war auf seiner Yacht Seehund und schrieb gerade dort in Torrevieja sein neues Buch, als es an der Tür klopfte. Es war Konradis.

„Hallo, Kujo, auf unserer Yacht Aurora am Kai 5 liegt meine Frau Isabella, sie ist schwanger und jetzt ohnmächtig. Was können wir von dir für einen Rat bekommen?"

„Konradis, warst du schon im Office?"

„Nein."
„Lass mich gerade meinen PC abstellen, ich gehe mir dir hin."

Sie gingen gleich hin ins Office und Kujo berichte dort. Die Andrea rief gleich den Notarztwagen, der in fünf Minuten dort war und Isabella in die Klinik mit Konradis brachte. Der Arzt frage ihn, was sie getrunken haben.

„Herr Doktor, wir haben außer Tee und Kaffee und Orangensauft nichts getrunken."

„Haben Sie auch sauberes Wasser genommen?"

„Bis gestern ja, aber heute Morgen haben wir dazu normales Wasser vom Kai genommen, kurz danach wurde sie ohnmächtig."

Kurz nach der Untersuchung sagte ihm der Doktor, sie hätten die Blase seiner Frau entleert. Sie müsste aber noch drei Tage hier bleiben. Wenn dann keine Probleme mehr seien, kann er sie wieder abholen. Warnte ihn aber, nur Trinkwasser auf der Yacht nur aus der Flasche zu gebrauchen. Konradis sagte ihm, dass sie zunächst nach Hause in Allmoradi fahren werden.

Am dritten Tag holte Konradis seine Frau ab, er erfuhr, dass sie gesund war und es dem Baby ebenso und sie fuhren in ihr Haus und baten Kujo, dass er am Sonntag gerne zum Mittagessen nach Allmoradi kommen sollte.

Am kommenden Sonntag rief Kujo bei Konradis an und fragte, ob er gegen 13 Uhr kommen kann, denn er brauche einige Zeit, um seine Yacht sauber zu machen.

Als er dann pünktlich ankam, wurde er von Isabella mit einem Kuss empfangen.

„Komm ins Wohnzimmer, dort habe ich schon den Tisch gedeckt."

Sie aßen gemeinsam zum Mittagessen. Danach kochte Isabella einen Espresso zum Nachtisch.

„Kujo, woher kommst du eigentlich?"

„Ich komme aus Wielandstadt am Rande des Odenwaldes. Moment, habe es fast vergessen, ich habe in meiner Tasche noch etwas für euch. Ich war vorher übrigens Redakteur beim ZDF in Mainz."
Er ging und holte sein letztes Buch, das er noch an Bord hatte und reichte es ihnen mit der Inschrift: für Isabella und Konradis von Kujo Hamm. Sie bedankten sich und unterhielten sich.

„Woher kommt ihr den ursprünglich?"

„Nun, wir kommen aus Sindelfingen. Dort schlug eines Tages der Blitz ein, als Isabelle und ich zum Einkaufen waren. Als wir ankamen, war unser Haus bis zum Boden abgebrannt und unsere Eltern waren tot. Wir wohnten einige Zeit noch bei der Schwester Anna von Isabella und überlegten uns, was wir tun können. Die Versicherung zahlte uns zu wenig, als unser Cousin in Allmoradi anrief, der uns sagte, dass in der Nachbarschaft ein Haus frei sei, ob sie es erwerben wollten. Ich sagte ihm, dass ich ihn nächste Woche anrufen werde. Denn ich musste ja überlegen, was ich beruflich dort machen kann. Zwei Tage später kam vom Cousin ein Brief. Darin stand, dass er das Haus schon gekauft habe und ich bei CBN in Torrevieja ab kommen Monat einen Job habe."

„Das heißt, du schreibst jetzt für CBN?"

„Ja, Kujo, wenn ich dein Buch gelesen habe, kannst du damit rechnen, dass ein Bericht darüber im CBN steht. Sind das alle deine Bücher auf der Rückseite des Buches?"

„Ja, so ist es, und mein neues Buch ist schon bald fertig. Wenn es hier regnet, ist das die Zeit, wenn ich schreibe."

„Du sagtest vorhin, du warst im ZDF tätig, in welcher Redaktion hast du dort gearbeitet?"

„Nun, ich war Mitglied in der Programmabteilung und war Redakteur in der Redaktion Gesundheit und Natur und verantwortlich dort für die Behinderten Berichterstattung.

Dort war ich so erfolgreich, dass ich die Goldene Kamera gewonnen habe. Mit dem Geld daraus konnte ich für meine damalige Frau Porzellan Puppen erwerben, wollt ihr ein Foto von dort sehen? Hier:

„Das ist aber schön, und wo ist denn deine Frau?"

„Sie ist schon seid 6 Jahren im Himmel bei Gott unserem Herrn."

„Du bist also auch gläubiger Christ?"

„Ja, so ist es, meine Frau und ich haben beide Theologie studiert."

„Du warst also Priester?"

„Nicht ganz, ich war Pater im Kloster, wie auch meine Frau Nonne im Wiener Kloster."

„Und wieso konntet ihr dann heiraten?"

„Kennt ihr die Konkordate Ende der sechziger Jahre? Damals reagierte die katholische Kirche nicht auf die Einigkeit der Christen, die evangelischen Christen auch nicht. Das hatte zur Folge, dass ein Kollege aus Rom uns in Wien besuchte und uns dort verheiratete."

„Und was sagte die Kirche in Mainz dann dazu?"

„Sie beschäftigte uns in der Erwachsenenbildung, bis ein Mensch nach einiger Zeit mich fragte, ob ich nicht Kollege im ZDF werden wollte."

„Und was arbeite dann deine Frau damals?"

„Sie hatte damals ihr Examen in Wien zur Psychotherapeutin gemacht und in Mainz anerkennen lassen. So haben wir dort im Vorort ein Haus gebaut und im Untergeschoss einen Raum für Praxis eingerichtet."

„Ach, wir haben gar nicht gefragt, woran deine Frau gestorben ist."

„Bianca wurde nach drei Mädchen nierenkrank und starb dann an einer Lungenentzündung. Sie lebt bei mir weiter in Gedanken und im Sinn, ein Bild seht ihr im Buch auf der dritten Seite."

„Hast du keine Lust, dich wieder zu verheiraten?"

„Nein, das geht nicht, ich bin ja nicht exkommuniziert, also noch Pater und feiere noch Messfeiern und Taufen, so habe ich auch meine Enkelkinder getauft."

„Und wieso kannst du jetzt im Beruf Bücher schreiben?"

„Ich habe mich vor drei Jahren beraten lassen. Einzige Probleme, die ich habe, ist das Finanzamt, da muss ich bei meiner Heimkehr mit einem Steueranwalt mal Einspruch erheben, das Geld von meinen Büchern zahle ich hier in Quesada bei der CAM-Bank und zahle dafür hier Steuern. Das werde ich meinem Anwalt sagen und den Steuerbescheid mitnehmen."

„Wieso in Quesada?"

„Dort hatten wir damals ein Haus und haben die Bank nicht gekündigt. Das Haus haben wir aber damals verkauft, weil die Krankenkasse in Deutschland die Dialysekosten meiner Frau nicht zahlen wollte. Nach dem Verkauf und auf der Fahrt nach Wielandstadt erlitt in den Alpen meine Frau eine Lungenentzündung und ist durch Frankreich dann gestorben. Ich habe sie in Wielandstadt im FriedWald beigesetzt, aber sie ist beim Schreiben immer noch mit Geist und Sinn bei mir. Wenn ihr wieder auf eurer Yacht seid, werde ich euch eine Broschüre vom FriedWald geben."

„Kujo, gut, wie ist es denn hier in Spanien, gibt es dort auch einen FriedWald?"

„Ist mir nicht bekannt, doch wenn einer von euch stirbt, könnt ihr hier im Krematorium eine Urne zubereiten lassen. Ohne die Öffentlichkeit zu informieren, kann man die Urne solange im Garten einsetzten, bis sie nach Deutschland in einem FriedWald beigesetzt wird."

„Wir sind hier befreundet mit dem Bürgermeister, sollten wir nicht mit ihm reden, ob nicht am Rande von Creviente ein Waldstück zum FriedWald eingerichtet wird, was hältst du davon?"

„Das wäre sicher eine gute Idee, aber ob da die kirchliche Ordination mitmacht?"

„Ich glaube es schon, denn unser Pfarrer hier ist der Bruder vom Pfarrer in Creviente und von beiden ist der Bürgermeister hier ein Cousin. Also rede ich mit ihm. Hast du noch mehr Broschüren vom FriedWald?"

„Ich bin noch einen Monat hier auf meiner Yacht, werde von dort anrufen in Wielandstadt, und noch Broschüren anfordern."

„Wenn du willst, ruf von uns hier an."

Kujo tat es und gab seine Anschrift vom Office in Torrevieja an. Er verlangte fünf Broschüren. Sie sagten ihm, dass sie heute noch abgeschickt werden.

„Konradis, dann mach in drei Tagen den Termin aus, ich komme gerne zur Verhandlung mit, denn, wie ich mich erinnere, ist der Wald auf dem Weg nach Quesada ideal, um dafür geeignet zu sein."

„Gut, du gibst uns Bescheid, wenn die Broschüren da sind."

„Mache ich, aber jetzt werde ich zurück in den Hafen fahren, denn heute Morgen zeigte mein Funkbarometer, dass es heute noch ein Unwetter geben wird."

„Gut, Kujo, dann noch viel Erfolg mit deinem neuen Buch."

Kujo war gerade auf seiner Yacht zurück, als ein Gewitter aufkam und es regnete wieder die ganze Nacht hindurch. Er war gerade beim Auspumpen des Kiels, als Ana Maria vom Office ihn vom Kai aus rief. Sie hatte die Post für ihn. Sofort rief er Isabella an, den Konradis war zum Einkaufen gefahren. Eine Stunde später klopfte es an der Tür und Konradis stand dort. Kujo gab ihm drei Broschüren und sagte ihm, jetzt kann er die Termine machen. Sie gingen noch in den Marina Club und tranken einen Espresso, Danach fuhr Konradis nach Allmoradi zurück.

Am nächsten Morgen rief Konradis Kujo an und lud ihn ein zum Kaffee am Nachmittag. Dort traf Kujo den Bürgermeister Burador mit dem Pfarrer Martinus Pelko an.

„Konradis sagte mir, dass Sie Pater in einem Kloster waren, stimmt das?"

„Ja, das stimmt, aber ich bin nicht exkommuniziert worden, Kollege."

„Gut, dann berichte uns mal von und um den FriedWald herum."

„Also, im Prinzip wie auf dem Friedhof. Jeder, der im FriedWald einen Baum erwirbt auf Pacht für 99 Jahre und dort beigesetzt wird, dessen Urne garantiert dort das Dasein all diese Jahre. Mit ihm auch die nächsten Verwandten. Und die Idee: FriedWald wurde aber nicht nur deshalb gegründet. Sie wissen ja, ein Buchenbaum ist ein Baum des Lebens, auch jeder Baum, der viele Jahre Lebensfähigkeit hat. Übrigens, Konradis hat wohl auch berichtet, dass ich meine Frau auch beigesetzt habe. In Deutschland begrüßen alle christliche Kirchen diese Ordination bei der Beisetzung."

„Also, ich heiße Martinus, und du Kujo, das heißt wohl Konrad-Josef?"

„Ja, Martinus, Konrad war mein Patenonkel und Josef mein zweiter. Und wie denkst du jetzt über FriedWald?"

„Wie viele FriedWälder gibt es in Deutschland?"

„Zurzeit gibt es 18 FriedWälder und jeder hat etwa 1.000 Bäume auf 1500 qm. Du willst sicher noch wissen, wieso der Verein zu diesen Wäldern gekommen ist? Also, wie hier wurden die Försterverwaltungen und die Gemeinden zur Information geladen. Die Einigkeit lag und liegt darin: jeder Baum kostet an Pacht 3.000€, davon erhalten Förster und Gemeinde 30 Prozent. Und wer einen Baum erwirbt und dieser Baum durch Krankheit abgeholzt wird, erhält der Pächter dort einen Jungbaum. Und jeder Lebensbaum hat eine Holztafel mit dem Namen des Pächters. Übrigens, in jeder christlichen Kirche, wo es einen FriedWald gibt, steht ein Lorbeerbaum als Sinnbild für den Sinn FriedWald."

„Danke, Kujo für diese Gedanken, also, Burador, wir sollten hier und in Creviente einen Verein FriedWald gründen, was meinst du?"

„Das wäre gut, denn die Friedhöfe sind hier und in Creviente voll, aber oberhalb von Creviente gibt es einen Wald, diesen würde ich empfehlen."

„Weißt du denn, wem der Wald am Rande dort gehört?"

„Dieser Wald gehört der Gemeinde dort und ist für Wanderungen gedacht."

„Herr Bürgermeister, die FriedWälder in Deutschland sind alle für Wanderungen gedacht und Tausende kommen jeden Sommer dorthin, um zu wandern."

„Ach Herr Hamm, ich dachte, das sind dann auch Friedhöfe, aber wenn das so ist, werde ich die dortige Verwaltung informieren. Der Wald auf dem Berg hat zwar auch Inhalte, aber an den Wurzeln der Bäume dort ist Felsgestein und die Bäume leben nicht lange."

„Gut, Herr Bürgermeister und Martinus, dann sprecht mit Creviente und gründet den Verein. Wenn ich euch dabei helfen soll, dann informiert Konradis, der kann mich dann anrufen und ich komme dann. Ich bin noch einen Monat hier."

Eine Woche später rief Konradis an, er solle kommen, der Bürgermeister hat seinen Kollegen nach Allmoradi eingeladen.

Als Kujo dort ankam, gingen Isabella und Konradis mit ihm ins Gemeindeamt. Dort begrüßte er Kujo, wie auch der Kollege aus Creviente in Deutsch. Konradis zeigte Kujo ein Formular vom Verein FriedWald in Allmoradi, auf dem schon 20 Mitglieder standen, diese alle Interesse an FriedWald hatten. Vorsitzender war Konradis, Isabella Schriftführerin. Dieses Formular hatte auch der Mann aus Creviente und sagte zu Kujo Hamm:

„Sie haben ja wunderbar hier gearbeitet, ich werde mit Ihrem Formular in Creviente arbeiten und bald Bescheid geben."

Nach zwei Wochen hörte Kujo, dass es auch in Creviente einen Verein FriedWald gebe und als er die Broschüre dort in spanisch verfasst hatte und davon 100 Exemplare drucken ließ, melden sich dort etwa 50 Leute dem Verein dort an.

Das erfuhr Kujo bald und war froh, dass auch die Kirchen dort mitmachten. Konradis war vorerst dort auch Vorsitzender in Creviente, bis alle über FriedWald dort aufgeklärt waren und ein Lehrer dort dann den Vorsitz übernahm. Kujo Hamm wurde dann in beiden Vereinen Ehrenvorsitzender. Er lud die beiden Bürgermeister ein in den Marina Club, würde gerne mit ihnen noch etwas besprechen. Beide sagten ihm zu am kommenden Samstag um 16 Uhr.

„Schön, dass Sie beide gekommen sind, also was haben Sie mit den 30 Prozent gemacht, die die Leute für den Baum gezahlt haben, darf ich das wissen?"

„Aber ja, Herr Hamm. Das Geld haben wir in Absprache miteinander gebraucht, um in den beiden Gemeinden für die Einrichtung eines Gebäudes für unsere beiden Gesangvereine, diese hatten bisher nur die Kirchengebäude als Proberäume, jetzt werden in Allmoradi und Creviente an das Gebäude von den Friedhöfen Räume geschaffen, die für die Proben geeignet sind, also mit einer Bühne, wo auch Instrumentalisten Platz haben. Und was an Geld übrig bleibt, wird auf einem Fond der CAM-Bank eingezahlt, der dazu ist, wenn Hilfen für Bürger angebracht sind."

„Das finde ich hervorragend, denken Sie auch daran, dass Leute, die die Baumpacht nicht bezahlen können, aber Interesse an Fried-Wald haben, dass ihnen auch aus dem Fond etwas gezahlt wird."

„Das haben wir auch vor und haben in den Satzungen eingefügt, dass sie fünf Jahre abzahlen können, und wenn von ihnen einer stirbt, wird er aus dem Fond gestützt beigesetzt."

„Sagt mal, dieses Beispiel gibt mir neue Impulse für mein neues Buch, haben Sie etwas dagegen?"

„Nein, Herr Hamm, wir verlangen nur, dass unsere Namen mit anderen versetzt werden."

„Also, meine Herren, das geschieht auch so in meinen Büchern allgemein. Die Geschichten in meinen Büchern sind alle aus meinem Berufsleben als Redakteur, natürlich habe ich vorher alle vorher angerufen, um sie um Genehmigung zu bitten und habe allen einen anderen Namen gegeben."

„Dann sind wir auch einverstanden, wann gibt es denn dieses neue Buch?"

„Wie gesagt, jetzt in drei Wochen fahre ich wieder nach Wielandstadt, dort lese ich immer Korrektur von dem, was ich auf der Yacht geschrieben habe. Danach reiche ich die CD mit Text und Bildern beim Verlag dort ein, nach 14 Tagen erhalte ich meinen Anteil an Büchern. Ihr werdet dann von mir jeder ein Buch wie auch Konradis erhalten."

„Was müssen wir dafür dann zahlen?"

„Nichts, meine Herren, wer in meinem Sinn etwas getan hat, der erhält ein Buch allerdings in Deutsch von mir zugesandt. Ich habe noch einen Gedanken: Hat einer von Ihnen eine Idee, wie wir meine Bücher in Spanisch umwandeln können? Sie müssen etwa bedenken, wenn in Torrevieja eine Ausstellung am Meer von allen Buchhandlungen, die unter Interbook rangieren, haben die Leute oft gefragt, warum es mein Buch nicht in Spanisch gibt, ihnen gefallen nämlich alle Titelbilder und die Bilder im Buch. Bisher haben dort nämlich nur deutsche Bürger Bücher gekauft, so vor allem die deutschen Skipper im Hafen, es sei denn, es sind Freunde, die mir oft auch Geschichten berichtet haben."

„Herr Hamm, ich habe in Creviente einen Lehrer, der die Broschüre vom FriedWald auch in Spanisch umgeschrieben hat. Der wird sicher interessiert sein. Ich habe übrigens an die Verwaltung von FriedWald für die Umschreibung die Genehmigung erhalten und auch bezahlt."

„Gut, fragen sie ihn, er wird sich einverstanden sein, gibt es denn auch eine günstige Druckerei hier oder bei Ihnen?"

„Mein Schwager betreibt die Druckerei in Creviente, ich werde ihn fragen."

„In Wielandstadt zahle ich immer meinen Anteil am Verlag mit je nach Auflage zwischen zwei und drei Tausend Euro, dafür erhalte ich immer zwischen dreißig und vierzig Bücher zum eigenen Gebrauch, denn meine drei Töchter, meine Geschwister und anderen Verwandten erhalten alle diese Bücher von mir umsonst, die restlichen nehme ich immer mit auf meine Yacht, um für Interbook auch welche zu haben."

„Haben Sie da keine Probleme mit der Rente und dem Finanzamt?"

„Doch, aber wenn ich jetzt wieder nach Hause gehe, werde ich dem Finanzamt mit meinem Berater dort einen Besuch abstatten, denn ich zahle ja immer noch Steuern für meine Bücher hier in Spanien, das habe ich in Torrevieja mit meinem Anwalt erwirkt, denn mein Verlag sendet meinen Gewinn an den Büchern immer an die CAM-Bank in Quesada. Und die schweigt sicherlich bei der Hauptversammlung in Alicante meinen Eingang ab. Die CAM-Bank hat in Quesada das Geld auf einen Fond gelegt, das war sicher gut."

„Sie können davon ausgehen, hier und in Creviente erfährt keiner etwas in den Gemeinden, wenn Ihr Buch in Spanisch erscheint. Hat Konradis eigentlich noch ein Buch?"

„Ja, er hat, warum fragen Sie?"

„Das werde ich mir holen und dem Lehrer unterbreiten."

„Hoffentlich gefallen ihm die Geschichten, denn im letzten Buch, das Konradis auch hat, sind einige Geschichten, die die Kirchen und die Politiker in Deutschland angreift, die an den Bürgern kein Interesse zu haben scheinen."

„Solche Geschichten begeistern den Lehrer sicher, warten wir es ab, ich werde mir gleich auf dem Heimweg von Konradis das Buch abholen und dem Lehrer bringen."

Sie verabschiedeten sich und stiegen in ihre Autos und fuhren los. Kujo zahlte und ging auf seine Yacht zurück, wo er sich gleich an die neue Geschichte heranmachte.

Am nächsten Morgen rief ihn der Bürgermeister aus Creviente an und sagte ihm, der Lehrer habe gerade angerufen, er werde nach der Schule schon beginnen, die Geschichten des Buches zu übersetzen. Inzwischen hatte Konradis in der CBN Nachrichten vom FriedWald und von den Büchern Wielandstraße berichtet und dass deren Übersetzung ins Spanische bald in den Handel kommt. Sobald sie fertig seien, sind sie auch im Büro der CBN erhältlich, ebenso im Interbook Handel.

Kujo blieb in den Folgetagen auch bei schönem Wetter seine Geschichte um Hamel weiter zu schreiben, und er war kurz vor seiner Heimreise nach Wielandstadt fertig. Las zu Hause noch schnell Korrektur und brachte seine CD in die Druckerwerkstatt. Nach zwei Wochen hatte die Werkstatt sein Kontingent fertig, so konnte er an Freunde und Verwandte die ersten Bücher schicken, ebenso an Konradis und dem Lehrer in Creviente und an Interbook. Eine E-Mail zeigte ihm, dass das vorige Buch in Spanisch fertig sei und eine

Auflage von 5.000 Exemplaren gedruckt und schon verkauft sei. Das Geld sei schon auf seinem Konto auf dem Fondkonto. Kujo war zufrieden und ging mit einem Girokontoausdruck der CAM-Bank zu seinem Steueranwalt. Dieser regelte es sofort mit dem Finanzamt, als er noch das Konto aus Wielandstadt hinzufügte. Dort waren über Bücher immer nur zwischen 800 € und 1.200 € pro Jahr verzeichnet.

Ein Anruf erreichte ihn von Dr. Bach vom Klinikum in Torrevieja.

„Erstmals herzlichen Dank für dein neues Buch. Aber weshalb ich dich anrufe, Kujo, ich hörte aus der Uniklinik in Mainz, dass einige Babys gestorben seien. Kannst du mir schon sagen, woran sie gestorben sind?"

„Wilhelm, ich bin erst drei Wochen hier, was ich aus den Nachrichten und der Zeitung vernommen habe, liegt es daran, dass den Babys unsaubere Einläufe verpasst wurden. Inzwischen ist die Staatsanwalt schon im Gange, doch der Klinikleiter sagte in den Nachrichten

heute Morgen, dass die Unsauberkeit in vielen Kliniken vorhanden sei."

„Nun, Kujo, bei mir sind auch alte Leute und Kinder gestorben, ich bin der Sache nachgegangen und habe bei uns hier auch festgestellt, dass bei der Zubereitung von Einläufen mit bloßen Händen gearbeitet wurde. Seid hier alle 10 Tage die Kleidung und die Handschuhe gewechselt werden, passiert es hier nicht mehr. Kannst du das der deutschen Ärztekammer mal mitteilen?"

„Wilhelm, ich rede mal mit unserem Klinikarzt, bei dem passiert so etwas nie, und der kann das in Deutschland sicher regeln. Danke Wilhelm, für deinen Anruf."

Nach ein paar Tagen war Kujo zufrieden mit seinem Erreichten.

Kurz danach traf sich in Wielandstadt der Gemeinderat zu einer Sitzung. Anlass war die politische Situation in Deutschland und den anschließenden europäischen Landen. Der Bürgermeister ergriff das Wort:

„Liebe Leute, schön dass ihr alle da seid, ich grüße euch herzlich. Nachher kommen noch Jutta Hinzke und Bernd Siffert, um einen Bericht zu schreiben, ach da kommen die beiden schon, Grüß euch, jetzt können wir ja mit der Diskussion beginnen. Also wer hat denn inzwischen das neue Buch von Kujo Hamm gelesen?"

Alle erhoben die Hand und begannen zu klatschen.

„Heinrich, diese Bücher von Kujo haben nicht unwesentlich daran mitgewirkt, dass es in Wielandstadt allen gut geht."

„Ach Arnold, hast du auch das Buch von Sirren schon gelesen?"

„Ja habe ich und war enttäuscht was mit ihm geschehen ist, ich finde, wie Wielandstädter sollten uns stark machen und erkunden, wer Schuld an seinem Rauswurf aus der Deutschen Bank ist."

Bernd meldete sich: „Ich weiß schon die Schuldigen sind, sein Rauswurf kam durch die Gremien in der Bank: durch die Politiker dort, das habe ich durch den Pressesprecher der Bank in Frankfurt erfahren. Ich habe auch das Buch von Sirren gelesen: dort findet sich nur ein Satz, der sagt, dass sich endlich die Politiker aus den Gremien der Banken herausziehen, so der Satz."

„Ja, Bernd, ich sehe es auch so, warten wir es mal ab, wenn demnächst einer ein Buch zum Buch von Sirren schreibt, der wird sicher auch Kündigung erhalten."

Die Diskussion ging bis mittags, als Diehl ihnen allen Spagetti mit Hackfleisch servierte. Nach dem Essen tranken sie alle noch einen Kaffee und gingen heim, nachdem sie sich alle die Hand gegeben hatten.

Jutta und Bernd gingen ins Büro und schrieben schnell ihren Bericht fertig und brachten ihn in die Druckerei.

Kujo hatte sein Mittagessen genossen und machte kurz danach Siesta, so wie auf seiner Yacht. Dann trank er eine Tasse Kaffee und setzte sich an seinen Computerr und begann eine Ballade zu schreiben über Gott und die Gesellschaft. Er war gerade damit fertig, als es an der Tür klopfte. Er ging hin und sah Norbert Luther davor. Kujo ließ ihn herein und bot ihm einen Kaffee an. Norbert nahm ihn gerne.

„Herr Luther, warum suchen Sie mich auf?"

„Also, Kujo Hamm, ich habe alle Ihre Bücher gelesen und auch Ihre Balladen. Alles was Sie über Gott und die Religionen geschrieben haben. Ich habe inzwischen gehört, Sie sind ja katholisch, wieso schreiben Sie soviel über Ökumene"

„Also, Herr Luther, diese Ökumene gibt es seid dem Konkordat 1963."

„Das stimmt, aber wie ich einem Artikel im Buch gelesen habe, kennen Sie sich gut aus, sicher, Ökumene gibt es nicht viele und nun habe ich auch gehört, dass Sie in Trier Pater waren, stimmt das? Sie waren doch verheiratet, Ihre Frau liegt doch im FriedWald hier."

„Das ist richtig, Herr Luther, meine Frau war auch Nonne in Wien."

„Sie heißen Kujo, ist ihr Vornahme Kurt Josef?"

„Ja und mein Nachnahme ist eine Verkürzte Hammerfolge."

„Also mein Name ist Norbert und ist mit Lieselotte verheiratet, sie ist übrigen auch Autorin von Büchern, so ist also Kujo Hamm dein Autorenname. Hast du auch Kinder?"

„Ja, drei Töchter, die aber alle in Mainz leben und habe auch fünf Enkelkinder. Die jüngste arbeitet als Oberschwester in der Klinik und studiert weiter Medizin. Die mittlere ist Buchhalterin in einem Verlag, und die älteste ist Studienrätin dort."

„Mein Sohn ist Computerfachmann und arbeitet für ARC SOFT hier. Jetzt aber noch eine Frage, bist du noch Priester oder wurdest du exmatrikuliert?"

„Nein, wir haben in Wien von einem Kollegen geheiratet, und der hatte von seinem Oberen in Einsiedeln die Erlaubnis, deshalb kam auch nichts in die Öffentlichkeit. Meine Frau und ich haben dann, als ich in Mainz eine Redakteurs Stelle im ZDF erhielt, als Erwachsenenausbilder gearbeitet. Meine Frau machte dann in Mainz ihr Diplom als Psychotherapeutin und arbeitete dort, bis die erste Tochter geboren wurde. So konnten wir uns bald dort ein eigenes Haus bauen, das groß genug für die drei Töchter war. Sie wohnen noch dort alle, seit ich pensioniert wurde und nach Wielandstadt zog. Wir waren gerade in dieses Haus gezogen, als meine Frau nach Nierenversagen und einer Lungenentzündung plötzlich gestorben ist. Und zwar just in dem Moment, als ich ihr eine Niere spenden wollte. Aber sie lebt wie du weißt in meinen Büchern mit mir und ich fühle ihren Geist bei meinem Schreiben."

„Also, Kujo, das reicht wohl, ich habe noch eine Bitte: deine Bücher in Ehren, sie nehmen dir sicher viel Zeit weg, aber hättest du auch Lust, in unserem Gemeinderat der Ökumene hier mit zu arbeiten?"

„Nun, Norbert, du musst mir etwas Zeit lassen, meine Bücher sind nämlich alle auf meiner Yacht in Torrevieja entstanden. Dort habe ich Ruhe, denn hier und aus Mainz klingelt oft das Telefon von meinen Kindern und den Enkelkindern, so habe ich beschlossen, meine Bücher auf der Yacht zu schreiben. Also lass mir etwas Zeit, denn zurzeit schreibe ich hier Balladen von Gott und seiner Menschheit. Wenn ich hier bin, werde ich euch beim Rat mal besuchen, um zu sehen, wie ihr hier arbeitet, wann ist die nächste Ratssitzung?"

„Sie findet in vierzehn Tagen statt, wenn einige Mitglieder von ihrer Tagung aus Stuttgart zurück sind. Ich und wir werden uns freuen, wenn du dich dort im Zentrum einfindest. Du kannst dich darauf verlassen, dass von mir keiner von deiner Lebensgeschichte erfährt."

„Gut, Norbert, ich fahre übrigens erst im März nächsten Jahres wieder zu meiner Yacht, mein Buchverleger möchte nämlich im nächsten Jahr wieder ein neues Buch von mir, denn er verdient ja gut an den Verkäufen."

„Bevor ich gehe, noch eine Frage: fährst du eigentlich mit deiner Yacht heraus?"

„Nein, Norbert, seid meine Frau tot ist, fahre ich nicht mehr aus dem Hafen heraus, das habe ich beschlossen, auch wenn meine Töchter mich in Torrevieja besuchen, habe ich ihnen das vor drei Jahren gesagt. Sie fahren dort mit einem Nachbarskipper hinaus. Also wenn du jetzt gehen willst, solltest du auch zu Kenntnis nehmen, dass ich gerne dein Freund hier bin."

Sie verabschiedeten sich und Norbert eilte nach Hause, weil seine Lieselotte gerne sein Abendessen verzehrt. Kujo ging wieder an seinen Computer und schrieb fast bis Mitternacht eine Ballade nach der anderen. Danach ging er zu Bett und schlief sofort ein.

Nach dem Frühstück betete er zu seinem Gott, dass er ihm ein Zeichen gebe, ob er dem Rat der Kirche zutrete. Da fühlte er ein Klopfen im Hirn und im Sinn erschien ihm seine Frau Bianca, um ihm zu sagen, was er jetzt tun solle. Er dankte ihr und ging ins Büro, um noch einmal eine neue Ballade vom Geschehen zu schreiben. Dann schaute er sich alle Balladen an, korrigierte einige Fehler, formatierte die Seiten in Buchform und kam damit auf 48 Seiten. Und wieder erschien ihm Bianca und es kam ihm im Sinn, entsprechend des Sinns der Balladen Bilder einzufügen. Er suchte sie heraus, scannte sie ein und fügte sie ein, So kam er auf 64 Seiten plus Vorder- und Rückseite. Bis mittags schaute er sich noch alles an, baute dann noch die Vorder- und Rückseite und speicherte alles auf einer CD. Nach dem Mittagessen machte er dann Siesta und wachte erst auf, als das Radio ausging, ebenso der Strom. Mein Gott, dachte er, das geschieht ja so wie auf meinem Schiff. Er ging in den Keller und bemerkte auf dem Strom-Regulator, dass eine Sicherung defekt war. Gut, dass er Ersatz im Regal hatte und fügte zwei neue

Sicherungen ein. Die Prüfung zeigte Erfolg. Dennoch stieg er noch durch das Dachfenster zur Satelliten Anlage und prüfte den LBN. Als er ihn an der Seite öffnete, tröpfelte Wasser heraus. Da erkannte er die Ursache des Einfalls vom Strom. Der Fernseher lief ausgezeichnet und auch der Radiosender Klassik Radio. Kujo machte sich einen Kaffee und als er auf die Uhr schaute, war es schon 18 Uhr, also konnte er heute die CD nicht zum Buchverleger bringen.Das wollte er am kommenden Morgen tun.

„Also, Kujo, die Texte sind mal wieder toll, hast du nicht eine Idee, die Balladen zu vertonen?"

„Heinrich, du weißt, ich bin kein Musiker, aber soll ich die Balladen mal ausdrucken und sie dann Knuth Hall, nein zuerst Ulf Siebert gebe, der macht ja Kompositionen?"

„Gut, Kujo, mache das, aber ich drucke dein Werk mit den Bildern schon einmal und gebe es in den Versand. Bevor ich drucke, werde ich in deine Arbeit noch einfügen, dass es bald eine Audio davon geben wird, was hältst du, Kujo?"

„Ja, mache das, du, ich habe nicht soviel Papier zu Hause, kannst du mir etwas geben, wenn du willst, zahle ich es dir."

Er gab ihm ein Packet mit DINA 4, und als Kujo das bezahlen wollte, schickte er ihn nach Hause, um die Arbeit zu tun. Zu Hause druckte er schnell die Seiten aus, packte sie in einen großen Umschlag und wollte gerade das Haus verlassen, als ein Auto vor dem Haus und ein Mann heraus Bei Ludger meldete sich ein Polizist vom Suchtrupp.

„Herr Kommissar, uns hat es nicht in Ruhe gelassen, wir sind noch einmal an den Tatort gegangen und haben dort mit einem neuen Gerät gesucht. Im Umkreis von 10 Metern meldete sich das Gerät. Wir haben den Laub bei Seite gebracht und wir fanden dieses Material."

„Obermeister, das ist toll, es sieht ja aus wie ein Dolch. Bringen Sie es ins Labor, vielleicht finden die etwas."

„Gut, mache ich gleich, denn wir in unserer Abteilung haben uns das Gleiche gedacht, ich wollte Sie schon mal informieren."

„Ich bedanke mich bei Ihnen und Ihren Trupp, ich bin auch auf ein Ergebnis des Labors gespannt. Also, machen Sie es schnell."

Sie verabschiedeten sich und als Irene kam, berichtete er ihr vom Ergebnis des Polizeitrupps. Nach ihrem Mittagessen in der Kantine meldete sich im Büro der Laborant und brachte ihnen das Ergebnis des Labors. Irene rief in der Klinik an und bat ihnen ein Fax zu schicken von den Laborwerten der Martina Kaminsky. In 10 Minuten war es da.

„Horst schaue einmal, auf dem Dolch ist die gleiche Blutgruppe wie die von Martina. Gib mir die Order, dass ich im PC auch nach dem Fingerabdruck suchen werde."

„Gut, Irene, mache das, schau aber erst nach unseren Ausländern nach, du kennst doch die Ursache von dem Unheil."

„Natürlich, Horst, so werde ich es machen."

Nach einer Stunde hatte sie ein Ergebnis, in Harborn wohnte ein Guido Burschow aus Serbien. Sofort fuhren sie zu dieser Adresse und fanden auch diesen Mann. Sie nahmen eine Probe von seinem Daumen, verglichen ihn und legten ihm die Handschellen an und förderten ihn sofort in die Voruntersuchung. Dann riefen sie Herrn Kaminsky an, und fragten ihn, ob er und seine Frau am Nachmittag an, ob sie am Nachmittag gegen 17 Uhr bei ihnen im Büro sein könnten. Sie sagten zu und Horst und Irene nahmen ihr Hörgerät und gingen in die Voruntersuchung. Bei sich hatten sie einen Kollegen, der gut russisch sprechen konnte. Nach einer Stunde hatten sie das Gespräch aufgenommen. Es war wie ihnen der Kollege sagte erschreckend. Er sollte den Kaminsky gefangen nehmen und mit nach Russland nehmen. Habe ihn aber nicht erreicht und habe darum die Tochter verletzt.

Horst und Irena verfassten die Anklage und brachten sie dem Staatsanwalt.

„Guten Tag, Kommissare, wir sind ein wenig früher."

„Macht nichts, also hört euch mal das an." Horst stellte das Hörgerät an und er merkte die erschrockenen Minen der beiden.

„Herr, Kommissar, wir kennen die Stimme, dieser Mann betreibt Spionage mit zwei Leuten in Russland und im Balkan. Was geschieht mit ihm?"

„Er sitzt schon in Haft und die Anklage läuft, also ich empfehle euch beiden, eure Nachnamen zu ändern, seid ihr einverstanden?"

„Frau Kommissarin, ja aber wie mach wir es?"

„Habt ihr eure Pässe und Einbürgerung bei euch?"

„Ja, hier sind sie."

„Also, dann machen wir beiden Feuerabend und gehen zwei Straßen weiter zum Notar Hampf, klar?"

Sie machten sich auf den Weg und fanden Werner Hampf, der sie in sein Büro bat und fragte, worum es ging.

„Werner, es geht um dieses Ehepaar Kaminsky und ihre Tochter Martina, du kennst doch um die Geschichte. Heute Morgen haben wir den Mann gefangen genommen und angeklagt. Wir haben den beiden empfohlen, ihre Nachnamen zu ändern, denn wir beide glauben, dass die Spionage auch bei uns kein Ende nehmen wird."

„Ja, gut, dass ihr alle gekommen seid, dann gebt mir mal eure Papiere, Ehepaar Kaminsky."

Sie gaben sie ihm, und Werner nahm ein Formular und füllte es aus, „so jetzt frage ich Sie, welchen Nachnamen wünschen Sie"

„Herr Notar, welchen Namen haben Sie?"

„Also, bei einem Flugzeugabsturz in Florida war eine Familie aus Alsenborn, das Haus ist auch leer, die Familie hieß mit Nachnamen Weilser. Diesen Namen können Sie haben, ich habe auch hier den Verkauf des Hauses."

„Gut, Notar, Namen und Haus sind in Ordnung, dann kündigen wir unsere Wohnung in Else."

„Ja, das ist gut, dann kommen Sie morgen um 15 Uhr zu mir?"

„Kann es auch um 16,30 Uhr sein, denn wir müssen bis 16 Uhr arbeiten."

„Gut, wo arbeiten Sie?"

„Ich bin Drucker hier in Wielandstadt und Iris ist Bibliothekarin hier in Buchladen."

„Die beiden kenne ich gut, also ich sehe Morgen hier bei mir?"

Und sind Sie Kujo Hamm, der Autor von Büchern?"

„Ja, und wer sind Sie?"

„Mein Name ist Ulf Siebert, Heinrich hat mich vorhin angerufen, darf ich mal herein kommen?"

„Bitte, Herr Siebert, ich wollte gerade zu Ihnen kommen, aber wenn Sie schon bei mir sind, dann kommen Sie herein."

Sie gingen in sein Wohnzimmer, Kujo reichte ihm den Umschlag und fragte ihn, was er trinken möchte. Als Kujo mir einer Flasche Rio Wein aus der Küche kam, war Ulf schon eifrig am Lesen.

„Also, Kujo Hamm, Sie haben ja tolle Balladen geschrieben, spielen Sie auch ein Instrument?"

„Ich habe oben im Büro ein Harmonien, warum fragen Sie?"

„Wenn wir ausgetrunken haben, dann spielen Sie mir mal etwas vor. Aber jetzt, nach welchen Komponisten sollen denn die Balladen vertont werden?"

„Ich denke hauptsächlich an Mozart, Beethoven und an Gluck, an denen habe ich die Reime ausgerichtet."

„Da muss ich fragen: spielen Sie sich die Balladen vor?"

„Ja, auch, aber ich habe während meines Studiums Gitarre, Harmonika und Orgel gespielt und später haben wir, meine Frau und ich oft Hausmusik gemacht, und so haben auch unsere Töchter spielen auch Instrumente."

„Was haben Sie denn studiert und was Ihre Frau, wo ist sie überhaupt?"

„Meine Frau liegt hier im FriedWald, ja und wir beide haben Theologie studiert und dabei uns stark in Kirchenmusik engagiert. Ich habe übrigens während meiner Internatszeit auch unseren Schulchor gegründet und geleitet. Leider habe ich später während meiner

Redakteurs Zeit keine Zeit mehr dafür gefunden."

„Sie wissen doch, dass hier in Wielandstadt ein Verein HARMONIE existiert?"

„Ja, Herr Siebert, ich wäre auch gerne Mitglied, wenn ich dauern hier wohnen würde, aber ich schreibe meine Bücher immer im Hafen von Torrevieja auf meiner Yacht dort, damit ich Ruhe habe."

„Und von wann bis wann sind Sie dort?"

„Ich fahre meistens Ende März des Jahres und bleibe oft dort drei Monate, solange brauche ich für ein neues Buch."

„Ich frage deshalb, aber spielen Sie mir mal etwas vor."

Sie gingen ins Büro und Kujo spielte ihm eine Ballade im Mozartsinn vor und er sang dazu.

„Also, Kujo, diese Interpretation gefällt mir ausgezeichnet, wollen Sie nicht Mitglied bei uns sein?"

„Gut, das mache ich gerne, wenn mein auswärtiges Leben nicht stört."

„Nein, unser Vorsitzende Wolf-Dieter Kornelli leitet hier die ARC-SOFT, ist Kultursenator und Vorsitzender von HARMONIE, mit ihm kann man immer reden."

„Ist das der Wolf-Dieter, der in Sieste eine Villa hat und auch im Hafen von Torrevieja eine Yacht hat?"

„Ja, der ist es, kennst du ihn?"

„Ja, ich kenne ihn sogar recht gut, denn wir trinken oft Kaffee im Marina Club am Hafen."

„Dann solltest du wirklich Mitglied bei uns werden, hier habe ich einen Vertrag, studiere ihn und gebe mir dann Bescheid."

„Also, wenn mein Auswärtssein keine Probleme hat, dann unterschreibe ich ihn gleich."

Er unterschrieb und sie verabschiedeten sich, nachdem ihm Ulf sagte, dass HARMONIE sich jeden Freitagabend 19 Uhr im Saal von Café Diehl treffe, undalle Mitglieder einen Fond bei HARMONIE hätten. Kujo war nach dem Abschied zufrieden. Er nahm sein neues Buch und machte einen Spaziergang bis zur Firma ARC-SOFT. An der Pforte dort fragte er ob Herr Kornelli da sein und bat ihn, anzufragen, ob er ihn empfangen würde.

„Hallo, Wolf-Dieter, darf ich dir mein neues Buch überreichen?"

„Danke, Kujo, ich wusste von Ulf, dass du ja nun Mitglied bei HARMONIE bist, dann sehen wir uns jetzt wohl öfter hier und in Torrevieja."

„Das ist wohl so, aber ich habe bei meinem PC zu Hause Probleme, meine Festplatte hat 500 GB und weigert sich schon manchmal zu speichern. Was rätst du mir?"

„Kujo, ich habe letzte Woche von Thomas aus Dallas eine neue große Festplatte bekommen, meine Leute hier waren begeistert, du wirst auch ein neues Motherboard brauchen, könntest du deinen PC hierher bringen?"

„Wolf-Dieter ich bringe ihn dir morgen früh, darf ich auch meinen Laptop von Siemens bringen, dieser braucht auch eine größere Festplatte."

„Ja, bringe ihn mit. Speichere aber bitte alle wichtigen Daten auf CD."

„Das habe ich heute Abend vor gehabt, als du mir dein Angebot berichtet hast."

Sie verabschiedeten sich und Kujo eilte nach Hause, begann gleich alle wichtigen Daten auf drei 4,7 GB großen CDs zu speichern, packte den PC und den Laptop in Folie und in der Garage in den Kofferraum seines Autos. Dann bereitete er sich das Abendessen und aß es beim Fernsehen im Wohnzimmer und trank dazu ein Glas Wein mit etwas Wasser darin. Er wollte gerade das Fernsehen ausstellen als das Telefon klingelte. Es war Ulf Siebert und fragte ihn, ob er morgen am Nachmittag zu ihm kommen könnte. Kujo bat ihn, übermorgen zu kommen, weil bis dann wohl sein PC fertig sei, der ab morgen früh bei ARC-SOFT sei. Ulf war zufrieden. Dann ging er unter die Brause, danach schlafen. Nach dem Frühstück am nächsten Morgen brachte er seine Sachen zu ARC-SOFT, wo ihn der Spezialist Winfried Schade empfing.

„Herr Hamm, wir haben alles vorbereitet, heute Nachmittag um 18 Uhr können Sie die Sachen wieder abholen."

Kujo bedankte sich und fuhr wieder heim, vor dem Tor zum Vorgarten standen zwei Männer, die sich als Norbert Peitz und Konrad Hammlo vorstellten.

„Ich kenne euch doch, also kommt mit mir herein."

Als sie drinnen waren, fragte sie Kujo, ob sie etwas trinken wollen. Er kochte dann schnell einen Tee für jeden.

„Also, Kurt-Josef, weshalb wir Sie aufsuchen, hat damit zu tun, was Sie schreiben in Ihren Büchern. Anhand deren haben wir hier unsere ökumenische Arbeit ausgerichtet. Zunächst aber möchten wir das DU anbieten, das ist Norbert und ich bin Konrad."

„Gut, Konrad war damals mein Patenonkel, der mir dann auch, als mein Vater tot war, mein Studium mitfinanzierte."

„Nun, warum wir wirklich hier sind, hat damit zu tun: wenn wir beide in Urlaub sind, ob du uns nicht vertreten kannst, also Ende Juli bis Mitte August."

„Darf ich mir das noch überlegen? Ich bin von Mitte März bis Ende Juli auf meiner Yacht in Torrevieja, und schreibe dort mein neues Buch, danach korrigiere ich es hier, bis mein Verleger anruft, ob ich fertig bin."

„Das heißt, wie denkst du denn am 15. August zum Marienfest?"

„Also, wie denkt ihr denn, genauso wie ihr. Darf ich euch mal was verraten? Als meine Frau Bianca gestorben war, wurde die Urne hier im FriedWald beigesetzt. Ihr werdet es nicht glauben, nach der Beisetzung drang

Rauch hervor und in meinem Sinn erschien dabei Bianca, um sich zu verabschieden. Und das geschah am 15. August vor drei Jahren."

„Das ist ja eine ganz neue Idee, hast du das schon in deinen Büchern geschrieben?"

„Nicht beschrieben, aber ihr seht doch in meinen Büchern auf der dritten Seite eine Frau im Musiklorbeer empor schwinden. Das ist Bianca, die mich mit ihrem Sinn beim Schreiben immer unterstützt."

„Ach, wenn das alle hier glauben würden, die einen Partner verloren haben. Also wir werden unseren Urlaub entsprechend nach dem 10. August verschieben. Wo hast du denn damals studiert?"

„Ich und meine Frau haben in Trier bis zum Diplom studiert, damals habe ich mit einem Kollegen Schallplatten gemacht, und als Camillo Felgen dann diese hörte, spielte er sie in seinem Radio. Ich schrieb die Texte der Lieder selbst."

„Du hast somit noch trotz Heirat den Priesterstatus?"

„Ja, das hat damals der Obere in Einsiedeln bewirkt. Ich habe danach, damit es keiner erfährt, allen verschwiegenwas ich bei meiner Redakteur Zeit im Fernsehen vorher gemacht habe."

„In welcher Redaktion warst du beim ZDF?"

„Ich war in der Kulturabteilung in der Redaktion Gesundheit und habe dort hauptsächlich Sendungen für behinderte Menschen gemacht, und wenn ihr es nicht wisst, dafür habe ich vor 20 Jahren die goldene Kamera erhalten."

„Jetzt verstehen wir es, du hast dir einen Pseudonamen zugelegt, damit keiner deinen richtigen Namen erkennt. Wir versprechen dir, dass wir es auch keinem mitteilen. Dürfen wir denn deinen Vornamen voll übernehmen, also Kurt Josef?"

"Dagegen habe ich nichts, wenn mein Verleger anruft, redet er mich nicht mit Kujo an, sondern auch mit dem Namen Kurt-J."

"Hast du auch sogenannt als Pater?"

"Ich wurde so wie ihr sagtest: Kurt-Josef genannt, in dem Namen auch geweiht."

Norbert und Konrad verabschiedeten sich und baten ihn noch, dass er in vierzehn Tagen ins Gemeindehaus kommen soll. Kujo sagte ihnen, dass er sie nicht nach Hause fahren könne, weil er einen Anruf von ARC-SOFT erhalte. Das klappte auch am Nachmittag, er fuhr los und holte seine Sachen ab. Er war erstaunt, wie billig er alles hatte, und Wiegand sagte ihm, dass er alles von der alten Festplatte nun auf die neue Platte überspielt habe. Kujo erhielt eine Karte mit der Kontonummer, auf die er den Betrag überweisen könne. Kujo packte die Sachen ins Auto, fuhr an seiner Bank vorbei, wo er die 680 € überweisen tat. Zu Hause zeigte sich ihm das Glück im Sinn und im Herz, betete einen Psalm als Dank Gottes für den ereignisreichen

Tag.Auch die Audio CD wurde in Wielandstadt, in den Städten um die Stadt herum für HARMONIE und Kujo zum Erfolg, es wurden bis Ende des Jahres 5000 Audios verkauft.Kujo wurde auch freudig aufgenommen in Verein HARMONIE und im Gemeindezentrum der Stadt. So machte er sich bald daran, Notizen für sein neues Buch zu schreiben, wenn er bald wieder auf seiner Yacht in Torrevieja war.

*

Auf einem Bauernhof am Rande von Alsenborn lebten Anni und Josef Binder. Sie war 75 und er 81. Vor drei Jahren hatten sie ihr Vieh verkauft, denn ihr Sohn in Münster hatte kein Interesse an den Hof. Mit dem Geld ließen sie ihren Hof umbauen und richteten in der Scheune einen Pool ein mit Solarerwärmung, so konnten sie vom Frühjahr bis Ende Herbst darin baden. Danach hielten sie sich weiter fit durch eine Farad fahrt. Da sie immer gesund aßen, ging es ihnen gut. In Ihrer Stube hingen einige Bilder, die sie früher mal in Wielandstadt gekauft hatten. Außerdem standen im in einem Regal Puppen, die Anni als Kind damals jeden Weihnachten von ihren Eltern. Ab und zu hatte Anni Kleider für sie gearbeitet. Außerdem hatten sie durch den Verkauf der Kühe und den Scheinen und Hühnern sich eine neue Sitzgarnitur erworben. So schliefen die beiden immer gut, bis eines Morgens Anni im Wohnzimmer etwas hörte. Sie zog ihren Morgenmantel an und ging hinunter. Dort blickte sie ins Wohnzimmer und sah dort zwei Männer, die die Puppen abräumten. Als sie im Flur eine Frau am Telefon hörten, eilten die Männer, und stachen ihr ein Messer in den Rücken. Sie fiel zu Boden und schrie. Josef eilte die hinunter und sah seine Anni bluten. Sofort rief er in der Klinik an, die sofort einen Rettungswagen schickte. Da Anni noch lebte, nähte der Doktor die Wunde zu und sie luden sie in ihren Wagen und fuhren mit ihr in die Klinik. Dort stellte man fest, dass auch zwei Rippen gebrochen waren und operierte sie unter Narkose. Josef stellte im Wohnzimmer fest, dass keine Puppe und alle Bilder nicht mehr da waren und rief die Polizei an.

„Herr Binder, das war heute schon der zweite Raub mit Mordversuch, bei dem anderen Bürger aus Elsen wurde der Hausherr ermordet, dort sind Horst Ludger und Irene Knoth, die Kriminalbeamten.Hallo Horst, wenn ihr fertig seid, kommt bitte nach Alsenborn in die Blankgasse 12, ein Bauernhof."

„Michael, sag mir, was dort los ist?"

„Der Hof wurde wahrscheinlich von den Leuten überfallen, die du in Else bearbeitest. Die Frau liegt in der Klinik."

„Gut, wir sind in einer Stunde bei dir."

„Herr Binder, haben Sie denn nichts bemerkt, als Ihre Frau herunter ging?"

„Herr Mayer, meine Frau und ich haben gestern Abend bis 20 Uhr im Pool geschwommen und sind dann noch durch Alsenborn mit dem Rad gefahren. Danach schläft es sich in unserem Alter gut. Deshalb habe ich auch am Morgen nichts gehört, außer meiner Frau Anni. Ich bin erst aufgewacht, als draußen ein Lieferwagen mehrmals den Motor blockierte.

Als ich aufstand und zum Fenster ging, fuhr der Lieferwagen fort. Die Nummer konnte ich nicht erkennen, aber die Aufschrift: Singer. Dann erst bemerkte ich im Flur meine blutende Anni."

„Und wie sah der Lieferwagen aus?"

„Er war blau und die Inschrift war goldgelb."

Er rief im Präsidium an und sagte dort, was Herr Binder gesagt hatte. Da klingelte es und Horst Ludger und Irene Knodt baten um Einlass. Sie beredeten alles, als bald darauf das Telefon klingelte. Josef nahm es ab und reichte es den Kriminalisten. Danach berichteten sie Josef, dass die beiden Leute erwischt wurden und jetzt schon im Gefängnis seien. Da klingelte wieder das Telefon. Es war die Klinik:

„Herr Binder, die Operation ist gut verlaufen, Ihre Frau wird noch bis Morgen in der Klinik bleiben müssen, um noch mal untersucht zu werden. Dann werden wir Ihre Frau nach Hause bringen."

„Herr Doktor, ab wann können wir denn wieder in unserem Pool baden?"

„Herr Binder, warten Sie noch eine Woche damit und pflegen Sie Ihre Frau in der Woche gut."

„Mache ich, Herr Doktor und Danke für den Anruf, ich muss noch mit der Polizei reden."

Er berichtete den Kriminalisten von dem Anruf, diese hatten inzwischen ein Protokoll geschrieben, das Josef unterschrieb.

„Herr Ludger, können Sie schon absehen, wann die Verhandlung stattfindet?"

„Also, wir müssen erst unsere Protokolle bearbeiten, ich denke, dass das Gericht bald die Verhandlung dann ansetzt. Auf jeden Fall werden Sie bald Ihre Sachen wieder erhalten, machen Sie uns noch eine Liste mit den Sachen und faxen sie uns."

Sie gaben ihm alle ihre Visitenkarten und verabschiedeten sich von ihm, er würde bald von ihnen hören und wünschte seiner Frau eine gute Besserung. Nach einer Woche ging es Anni schon wieder gut, die Operationswunde war fast gut verheilt. Sie saßen gerade bei der Jause und aßen dazu die Plätzchen, die Anni gebacken hatte, als es an der Tür läutete. Josef ging hin, zwei Männer stellten sich vor als Werner Hampf, der Anwalt, und Günter Malz, der Richter am Amtsgericht. Josef bat sie herein und stellte die Männer seiner Anni vor. Auf Bitte setzten sie sich und erhielten Kaffee und probierten die Plätzchen.

„Aha, die schmecken aber gut. Weshalb wir gekommen sind: nächste Woche findet die Verhandlung statt, wir möchten uns noch ein wenig kundtun, obwohl wir die Polizeiakte schon gelesen haben. Darin stand nur, Frau Binder, dass Ihr Mann sie in die Klinik eingewiesen hat, aber nichts über die Verletzung."

„Also, gut, als ich die fremden Männer im Wohnzimmer erblickte, nahm ich im Flur das Telefon und wollte die Polizei anrufen, da spürte ich plötzlich einen Stich im Rücken und fiel zu Boden. Ja und dieser Stich in den Rücken durchbrach zwei Rippen."

„Und wie lange lagen Sie in der Klinik?"

„Insgesamt fünf Tage, davon wurde ich dreimal untersucht, dann operiert. Seit über eine Woche bin ich jetzt zu Hause, wo mich mein Mann gut gepflegt hat."

„Danke, Herr und Frau Binder, ach, wo haben Sie denn Ihr Vieh, Sie hatten doch Kühe und Schweine, denn als wir kamen, war die Wiese leer."

„Diese haben wir im letzten Jahr verkauft, weil unser Sohn kein Interesse an LandWirtschaft hatte. So haben wir in der Scheune einen Pool bauen lassen und den Stall als Garage für unser Auto ausgebaut."

„Hoffentlich leben Sie noch lange, um davon zu leben, wir gehen jetzt, danke noch für die schönen Plätzchen."

Sie gingen in die Wielandstraße in ihr Haus zurück, um das Protokoll der Polizei zu ergänzen. Danach bereiteten sie die Verhandlung vor. Am nächsten Morgen, als Günter Malz nach dem Frühstück sich von Werner Hampf verabschiedete und ins Amtsgericht fuhr, rief Werner bei der Witwe in Else an, um einen Besuch anzukündigen. Er fuhr gleich hin, und bereitete sie auf die Verhandlung vor, dabei machte er noch einige Anmerkungen in seinen Laptop und fügte sie zu Hause in sein Plädoyer ein.

Davon machte er dann eine Kopie und brachte sie dem Staatsanwalt.

„Danke, Werner, da merkt man, dass du und Günter voll in der Sache drin seid. Weißt du, was die Binders für den Klinikaufenthalt zahlen mussten?"

„Ja, Heinz, ich habe es gesehen: es waren 4.670 €, davon hat deren Krankenkasse gerade mal 30 Prozent übernommen. Den Rest musste Josef Binder als Kredit aufnehmen."

„Werner, das werde ich mir für die Anklage merken. Ich recherchiere zurzeit, was die Halunken außer ihrem Haus noch an Eingaben haben. Also, ich denke, 12 Jahre Haft und dann Sicherungsverwahrung erhalten. Und ich werde veranlassen, dass die Halunken in Herborn ihr Haus verkaufen müssen, um die Witwe in Else und die Binders entsprechend zu entschädigen."

„Heinz, eine gute Idee, aber ich muss in Hamborn noch eine Familie besuchen, denn denen wurden ihr Auto und ihr Schiff auf dem Möhnesee gestohlen. Vielleicht waren es auch unsere Halunken."

„Ist das die Familie Heinemann?"

„Ja, so ist es, also wir müssen in den Vororten von Wielandstadt mal wieder aufräumen, was meinst du?"

„Ja, so ist es Werner, du ich muss noch für heute Nachmittag eine Verhandlung vorbereiten, also fahre nun zu den Heinemanns."

Die Heinemanns berichteten Werner Hampf, dass der Hafenmeister vom Möhnesee gesehen hat, dass zwei Männer ihr Schiff mit einem

Lieferwagen abgeliefert haben. Er habe gesehen, dass ein Firmenschild mit Namen Singer abgefahren sei.

Werner rief gleich den Staatsanwalt an und dieser ging sofort daran, die beiden Leute im Untersuchungsgefängnis vorzuführen. Erstaunlich, dass sie ihm gleich alles offenbarten. Sofort ließ er dann das Schiff aus Herborn wieder an den Möhnesee bringen zu lassen. Das Auto der Heinemanns hatten die Leute schon nach Köln verkauft. So rief er die Heinemanns an, um ihnen zu sagen, dass sie ihrer Versicherung eine Eingabe vom Wert des Autos machen. Das teilte er auch gleich dem Werner mit.

Am kommenden Samstag fuhren Heinemanns zu ihrem Schiff. Dort stellten sie fest, dass der Motor und das Kühlgerät nicht mehr an Bord waren. Wieder zu Hause machte Jupp Heinemann gleich daran, der Bootsversicherung eine Mitteilung zu schicken. Ebenso an seine Autoversicherung. Eine Woche später waren auf deren Konto vom Schiff und Auto schon die Gelder für Neukauf. Das teilten sie dem

Anwalt und Notar Hampf telefonisch mit. Dann gingen sie eine Straße weiter zum Alu-Hersteller, gaben ihm die Maße des Schiffes und baten den Meister, über dem Zeltdach des Schiffes eine Alu Verkleidung zu bauen, mit einer Tür, die man abschließen kann. Er machte ihnen einen Preis mit Aufbau von 2.350 €. Die Heinemanns waren einverstanden und Vierzehntage später war das Schiff mit dem Aufbau fertig. Als der Alu-Meister ihnen die Schlüssel brachte, sagte er ihnen, dass der Hafenmeister gesagt habe, jetzt können sie nicht mehr herausfahren, aber gut darauf wohnen im Urlaub. Kurz darauf hatten die Heinemanns das Schiff gut eingerichtet, richteten sogar am Kai eine Satelittenschüssel ein und kauften sich einen Fernseher für das Schiff. Als sie ihr Schiff verlassen hatten, waren sie mit ihrem zweiten Wohnsitz sehr zufrieden.

In dieser Zeit fand auch die Gerichts-Verhandlung statt: Das Urteil der beiden Leute 12 Jahre Zuchthaus mit fünf Jahre Sicherheitsverwahrung. Auch wenn der Anwalt der beiden wegen der Entschuldigung Bewährung beantragte, urteilte Günter so, wie der Staatsanwalt beantragt hatte. Er verkaufte auch deren Haus, und gab das Geld für die Opfer.

*

Bei einer Probe von HARMONIE gesellte ein junger Tenor, Timo, der Sohn der Sopranistin Annabella Liebelt, einer Witwe aus Else, hinzu. Timo hatte vorher schon Ulf Siebert vorgesungen, und er war begeistert von der Stimme und wurde in den Chor aufgenommen. Auch eine neue Sopranistin erhielt eine Aufnahme, sie hieß Luna Hummer, wohnte in derHumboldt Straße 12, und war auf der Suche nach einer Stelle in Wielandstadt. Ihre Eltern waren bei einem Flugzeugabsturz bei New York ums Leben gekommen, als sie in Köln Chemie studierte. Als sie fertig war und nach Wielandstadt zurückkehrte, fand sie im Postkasten ein Schreiben des Amtsgerichtes, wonach sie Erbin des Hauses und der Firma des Vaters, der eine Apotheke hatte. Da überlegte sie, ob sie als Chemikerin diese Apotheke leiten kann. Auch Timo hatte nach dem Abitur in Basel Biochemie studiert und dort auch seinen Abschluss machte, der in Wielandstadt anerkannt wurde. Als sie bei HARMONIE für das Pfingstfest probten, hatten Timo und Luna sich schon angefreundet. Nach der Probe:

„Luna, hast du Lust, mit mir mal in der Gaststätte Roma ein Glas Wein zu trinken?"

„Ach, ja Timo, dann lass uns hinübergehen, ich habe nämlich noch eine Frage an dich."

Sie gingen hinein und bestellten sich einen Rioja Wein mit einem Käse Croissant dazu.

„Timo, was ich dich fragen will: du hast doch dein Diplom in Biochemie, hast du Lust, bei mir in der Apotheke zu arbeiten?"

„Gut, Luna, deine Eltern sind ja tot, ich mache gerne dort mit. Was soll ich einbringen?"

„Meinst du Geld oder Ideen?"

„Ich meine beides, meine Mutter hat letztens von der Berufsgenossenschaft vom Vater 250.000 € bekommen und auf mein Konto davon die Hälfte eingezahlt. Darum würde ich mich gerne bei dir einkaufen."

„Das ist eine gute Idee, Timo, dann lass uns Morgen Werner Hampf in die Apotheke einladen so um 11 Uhr. Vorher besorg einen Auszug aus deinem Konto. Denn die Apotheke hier läuft noch nicht so gut."

„Das dachte ich mir, denn ich habe schon mal beobachtet, wie du lange Zeit hinter den Tresen ohne Publikum gearbeitet hast. Noch etwas von mir: Luna, je mehr ich dich sehe, umso mehr habe ich dich gerne, das heißt: ich liebe dich."

Luna ging um den Tisch herum, nahm ihn in den Arm und gab ihm einen langen Kuss.

„Timo, ich liebe dich auch schon länger, habe nur mich nicht getraut, dir das zu sagen, sag mal, willst du in Else deine Mutter verlassen und in mein Haus hier ziehen?"

„Gerne, mein Schatz, übrigens meine Mutter hat mich schon oft gefragt, ob ich mich nicht verliebt habe. Habe ihr von dir erzählt, und gesagt, wenn die Zeit da ist, werde ich es ihr sagen."

„Komm, mein Lieber, lass und zahlen und bringe mich nach Hause."

Sie stiegen in Timos Ford und er fuhr sie heim. Dann verabschiedete er sich von ihr.

„Ach, Timo, hast du nicht Lust, mit mir ins Haus zu gehen, ich möchte dich gerne lieb haben. Du kannst ja vorher deine Mutter anrufen, um ihr zu sagen, dass du bei mir übernachtest."

„Kann ich denn mein Auto vor deiner Tür parken?"

„Du stehst doch hinter meinem, also stell es ab und gehe mit mir."

Sie gingen hinein und Timo rief seine Mutter an.

„Mein Schatz, was willst du noch trinken? Ich möchte noch gerne die Nachrichten sehen."

„Luna, dann stell den Fernseher an, ich koche in der Küche dann einen Tee mit Zitrone für uns, hast du alles?"

„Du bist mein Engel, ja, du findest alles in der Küche und im Kühlschrank."

In ein paar Minuten später servierte Timo den Tee mit Zitrone und schaute mit ihr weiter das heute-Journal. Danach gingen sie ins Bad und duschten sich gemeinsam. Dann gingen sie ins Bett.

„Timo, hast du schon mal Sex gehabt?"

„Ja, damals im Studium mit Florentina, do danach wurde sie vom Auto angefahren und war sofort tot. Und du?"

„Als ob wir Zwillinge sind, mein Hannes in Köln hatte den gleichen Konflikt, verbrachten zwar noch drei Tage in der Klinik, doch dann war er auch tot."

Sie umarmten sich und liebten sich dann ausgiebig. Dann schliefen sie bald nebeneinander ein. Am nächsten Morgen wachte Luna auf und sah, dass Timo noch fest schlief. Sie ging in die Küche, kochte Kaffee und belegte ihr selbstgebackenes Brot mit Butter und Käse und deckte den Tisch. Dann weckte sie Timo und sie frühstückten genüsslich. Danach wuschen sie sich und machten sich fertig für den Besuch bei Werner Hampf.

„Luna, Timo, schön dass ihr schon pünktlich hier seid, Timo hast du deinen Konto Auszug mitgebracht?"

Werner sah ihn an, und wie viel wollt ihr anlegen?

„Werner, ich denke, dass Timo 50 Prozent vom Betrag anlegt, das müsste für den Anfang meiner Apotheke reichen, zumal Timo ja bei mir arbeiten will."

Da kam Werners Sekretärin herein und brachte das Schreiben, das Werner am Morgen diktiert hatte. Da der Preis und die Mitarbeit noch nicht im Schreiben waren, ging Werner an seinen PC und fügte alles ein und druckte es aus.

„So, ihr beiden, jetzt unterschreibt schnell, denn ich habe einen Termin gleich bei Günter. Dann bringe ich euch als Notar euch die Unterlage. Diese regele ich auch mit dem Pharmaverband, so seid ihr dann gemeinsam Teilhaber an eurer Apotheke."

„Werner, hast du auch eine Vorlage für Heirat, wenn Luna und ich heiraten wollen?"

„Ja, natürlich, wollt hier schon unterschreiben?"

„Luna, was sagst du, willst du mich heiraten?"

„Aber Timo, du fragst mich so? ich würde dich gleich noch heiraten."

„Dann, ihr beiden, besorgt euch eure Geburtsurkunden, ebenso eure Diplomurkunden, wenn ich euch die Akte bringe, nehme ich sie mit und leite für euch beiden die Anmeldung beim Standesamt ein."

Luna und Timo bedankten sich bei ihm, gingen beim Anmeldeamt vorbei, wo Timo die Angabe machte, dass er aus Else umgezogen sei in die Adresse von Luna nach Wielandstadt. Zwei Tage später brachte Werner ihnen den Akt für die Apotheke mit Angabe des Pharmaverbandes, und er hatte schon den Antrag für das Standesamt mitgebracht, das die beiden in drei Wochen den Termin schon haben. Timo und Luna zeigten ihm die Urkunden und machten Kopien davon. So nahm Werner sie mit. Luna und Timo gingen in die Apotheke und arbeiteten auf, was sie alles brauchten.

Dann öffnete sich die Ladentür, die Mutter von Timo trat herein.

„Mutter, schön dass du da bist, fährt dein Auto wieder?"

„Ja, Timo, sonst wäre ich ja nicht gekommen, ist Luna auch da?"

„Luna, kommst du mal?"

„Hallo, darf ich schon Mutter zu dir sagen?"

„Ihr beiden habt euch wohl geeinigt, natürlich Luna, habt ihr beiden schon den Termin für die Hochzeit?"

„Mutter, in drei Wochen hier im Standesamt."

„Aber setze dich dort, trinkst du auch einen Kaffee?"

„Gerne, habt ihr denn schon Trauzeugen?"

„Nein, Mutter, daran haben wir noch gar nicht gedacht, aber jetzt denke ich gerne an die beiden Liesel und Heiner im Chor von HARMONIE."

„Sind die beiden schon verheiratet?"

„Ja, Mutter, und die beiden sind auch unsere Freunde."

„Danke für den Kaffee und die Vollkorn-Plätzchen, hast du sie gebackte, Luna?"

„Ja, ich backe auch mein Brot selbst, wie es meine Mutter mal gezeigt hat."

„Mutter, und Luna Brot schmeckt wirklich ausgezeichnet, wie unseres in Else auch."

„So, ihr beiden, ich muss noch zu Hause einkaufen gehen, sonst habe ich nichts, also bis bald, gehabt euch beide wohl."

Sie gab beiden einen Kuss und fuhr nach Else weiter. Luna und Timo waren mit dem Besuch einverstanden, schlossen zu Mittag die Apotheke und gingen ins Roma essen.

Als sie wieder zur Apotheke kamen, standen dort vor der Ladentür 15 Leute, die ein Rezept in der Hand hatten. Luna und Timo schauten sich erfreut an, schlossen auf und bedienten. Bei einer Kundin musste Luna sagen, dass sie am morgigen Nachmittag wieder kommen soll, man müsse eines der Medikamente erst bestellen.

„Ach, Timo, ich hab dich wirklich von Herzen lieb, so viele Kunden habe ich nicht in einer

Woche bedient. Welcher Geist hat dich zu mir geführt?"

„Natürlich Gottes Geist und dem bin ich außerordentlich dankbar. Also, wir beide sind ja nun verlobt: hier habe ich schon die Ringe, darf ich dir schon deinen anlegen?"

„Und ich dir deinen, danke mein Lieber:"

Und sie gaben sich einen langen Kuss, als die Tür wieder aufging und zwei Kunden hereintraten. So ging es in den nächsten Tagen auch weiter. Alle wurden zufrieden bedient und auch Timo und Luna waren sehr zufrieden, als sie wahrnahmen, dass die Krankenkassen je nach zwei Tagen ihren Betrag auf das Konto überwiesen.

Bei Ihnen am frühen Abend im Haus erschien Konrad Hammlo:

„**Kann ich mal zu euch herein kommen und ein Glas Wasser haben, ich habe etwas mit euch zu besprechen.**"

„**Ja, kommen Sie herein und gehen Sie schon ins Wohnzimmer mit mir, Luna bereitet dem Getränk vor.**"

„**Danke Frau Hummer, also ich habe gehört, dass Sie beiden in vierzehn Tagen heiraten wollen. Wann haben Sie denn vor, auch kirchlich zu heiraten.**"

„Herr Pastor, wir beide hatten in letzter Zeit in unserer Apotheke viel Arbeit, haben also noch nicht daran gedacht."

„Wie viel Uhr ist denn das Standesamt?"

„Es ist für 10 Uhr vorgesehen."

„Dann zieht euch gut an, denn um 11.30 Uhr werden euch Mitglieder von HARMONIE dort abholen und euch gegenüber in St. Paul begleiten. Einverstanden?"

„Aber sicher, wird es ein ökumenischer Gottesdienst sein?"

„Ja, so ist es, und nach neuesten Ansichten bei uns wird nicht nur die Rabbinerin da sein auch der Imams von den Muslimen hier in Wielandstadt."

„Ach, ist das schön, dass auch die Muslimen hier schon integriert sind, es ist doch Ihnen sicher auch unverständlich, dass viele Politiker im Land und in einigen anderen europäischen Ländern sogar Muslime ausgewiesen haben."

„Sie haben Recht, ich teile deren Meinung auch nicht, gut dass wir hier in Wielandstadt anders denken. So, jetzt werde ich gehen und wünsche Ihnen weiterhin großen beruflichen Erfolg, wollen Sie Ihre Mutter, Herr Liebelt nicht auch hierher holen, das Haus ist doch groß genug?"

„Sie hat doch in Else zwei Nachbarschafts-freundinnen, die sich abwechselnd zum Kaffee einladen. Dennoch, ich werde sie mal fragen. Also machen Sie es gut."

Timo rief seine Mutter an und berichtete, was der Pfarrer Konrad Hammlo ihm gesagt hat.

„Timo, mein Lieber Sohn, nein, denn Vater lebt noch immer in mir. Ich habe mir aber gesagt, ich komme jeder Woche zum Putzen zu euch, aber ihr könnt mir ja ein Zimmer in eurem Haus einrichten, wenn ihr wollt, denn wenn viel zu tun ist, werde ich bei euch über-nachten."

Das berichtete Timo Luna und sie richteten neben ihrem Schlafzimmer ein Zimmer für

Mutter Liebelt ein.Als sie damit fertig waren, suchte Luna im Büro einen Drittschlüssel für die Haustür und fand ihn in der Schublade des Schreibtisches, angeheftet mit einem Bild von HARMONIE und zeigte ihn Timo.

„Soll das der Schlüssel für meine Mutter sein?"

„Ja, ich denke, Timo."

„Luna, es ist schon spät, wollen wir uns noch ein wenig ärgern über die Fernsehnachrichten?"

„Stell ihn schon an, ich richte schnell noch für jeden von uns zwei Vollkornplätzchen an, trinken wir noch ein Glas Wein dazu."

Als Luna aus der Küche mit den Plätzchen zurückkam, hatte Timo den Wein schon eingefüllt und sah gerade die unglückliche Überschwemmung in Ungarn, die schon die Donau erreicht hatte.

„Luna, hoffentlich wird Wien nicht betroffen, denn dort wohnt der Bruder meiner Mutter mit drei Kindern."

„Timo, was mich dabei stört, ist die ungarische Politik, die die Firma am Rande von Budapest nicht zur Raison bringt. Die Bank dort ist doch liiert mit der europäischen Bank, warum meldet sich diese nicht in den Medien?"

„Das wundert mich auch, wie zurzeit die ganze Politik, beim Literaturpreis in Stockholm wurde Sarazin nicht mal erwähnt. Also ich mache noch ein wenig Klassik Radio Musik, lass und in Ruhe alles genießen."

Sie unterhielten sich bei der Musik noch ein wenig und gingen dann zu Bett und liebten sich inniglich und schliefen bald ein."

Am nächsten Morgen nach dem Frühstück rief Timo seinen Onkel in Wien an.

„Danke, Timo, für deinen Anruf, damit es dich tröstet: ich habe heute Morgen aus dem

Dachfenster auf die Donau geguckt, sie ist noch glasklar."

„Hat vielleicht Österreich schon aktiv etwas getan?"

„Bei uns im Radio heute Morgen meldete man, dass die Österreicher heute Nacht zwischen den beiden Staus an der Grenze zu Ungarn reichlich Gips vermischt mit Kalk hinein genossen haben, man hat aber den Fischern hier verboten Fische zu fangen, bis die neue Meldung kommen soll. Also, Timo, bei uns wird es keinen Ärger geben. Machst gut und grüß meine Schwester."

„Mache ich, doch sollten Sorgen auftreten, dann meldet euch bei mir."

Er berichtete Luna von dem Gespräch:

„Luna, was meinst du, ob es in Österreich nicht auch solche Diplome gibt wie bei uns? Also ich verstehe es immer noch nicht, dass sie Ungarn nicht spezifische Hilfe anbieten. Wir wissen doch, wie Quecksilber vernichtet werden kann, wenn es Gefahr beinhaltet."

„Du hast Recht, Timo, vor allem, wenn verseuchte Flüsse mit Salinen und vermischtes Kalk mit Gips hinzu geführt wird."

„Richtig, aber jetzt müssen wir wohl wieder in die Apotheke gehen, mal sehen, ob wieder Leute warten."

Vor der Apotheke warteten schon 6 Leute, Timo öffnete die Tür und ließ das Gitter mit einer Fernbedienung hoch. Dann trat Luna mit den Leuten herein. So ging es noch die ganze Woche lang, immer wieder kamen reichlich Kunden in die Apotheke.

„Timo, bereite mal ein Schild vor: Samstag geschlossen."

„Mache ich, dann bediene du weiter."

Als es Mittag wurde hatte Timo das Schild mit Datum fertig und klebte es an die Glastür von innen. Dann schlossen sie die Tür und gingen ins Haus, wo Luna vom Morgen an zwei Pizzas aufgeweicht hatte, sie legte sie in den Backofen und nach 20 Minuten ließen sie sich die Pizza schmecken bei einem Glas Riojawein, danach machten sie eine Stunde Siesta und gingen dann wieder in die Apotheke. Am Donnerstag und Freitag kam die Mutter ins Haus und brachte es in Ordnung, zuletzt legte sie eine Torte in den Kühlschrank und schaute noch, ob genug Kaffee im Haus war.

In der Nacht vor dem Samstag konnten Luna und Timo kaum schlafen, auch als sie sich mehrmals geliebt hatten. Am Morgen um 7.30 Uhr standen sie auf, duschten nach und nach und dann zogen sie sich an und gingen zum

Standesamt. Nach einer Stunde waren sie standesamtlich verheiratet. Als sie vor die Tür traten, standen viele von HARMONIKA schon dort und sangen die Ballade von Einander verstehen- miteinander leben. Danach begleiteten Chor und Musiker zur Kathedrale St. Paul, wo sie die Pfarrer, die Rabbinerin und der Imam in empfang nahmen. Chor und Musiker mit Ulf an der Orgel sangen und spielten die Missa Solemnis. Und als zum Schluss der Segen kam, sangen alle in der Kirche Lobet den Herrn.

Zusatz:

Die Apotheke lief hervorragend, Luna und Timo ließen sich kurz nach der Hochzeit auf der Südseite des Hauses Solar anlegen und sparten damit die Stromkosten. Luna wurde bald schwanger und neun Monate später gebar sie Zwillinge, ein Mädchen und ein Junge.

Auch bei HARMONIE lief es gut, Timo und Luna waren begeistert, als sie aus dem Fond immer wieder Geld auf ihrem Konto hatten.

*

Am Rande von Wielandstadt, nahe dem Berg hatten die Eheleute Sander Willi und seine Frau Iris neben der Schreinerei ihr Haus angebaut. Ihre beiden Töchter Waltraud und Hildegart waren sehr musikalisch und besuchten in Wielandstadt das Musik Internat, kamen also nur in den Ferien und an Feiertagen nach Hause.

Die Schreinerei lief gut, so hatte Willi zwei AZUBIS ausbilden lassen, ihre Gesellen-Prüfungen hatten sie gut abgeschlossen, er war mit den beiden sehr zufrieden.

„Iris, meine Liebe, was hältst du davon: mir ist eine Idee gekommen. Du weißt doch, dass wir mit den Messingbeschlägen an den Möbeln immer wieder Ärger hatten. Wir lassen künftig die Messingteile mit Kupfer belegen und schweißen sie damit ein."

„Willi, Schatz, das ist eine gute Idee, hast du schon mit Igor darüber geredet?"

„Noch nicht, aber ich werde ihn in den nächsten Tagen aufsuchen, und um seinen Rat bitten, wie das zu Händen geht und woher er den Kupfer bekommt."

„Mach das, denn Igor ist doch Fachmann in seinem Geschäft. Aber nun lass uns schlafen gehen, denn schau, es ist schon nach 23 Uhr geworden. Träumen wir also von einer neuen Arbeit hier."

Am nächsten Morgen nach dem Frühstück und dem Bad gingen sie zwei Straßen weiter zu Igor. Dort besprachen sie mit ihm, wie sie mit dem neuen Projekt arbeiten können.

„Also, Willi, ich finde das eine gute Idee, hast du in der Schreinerei ein Brenngerät?"

„Nein, Igor, brauche ich es?"

„Ja, Willi, denn du musst das Kupfermaterial schmelzen und dann auf das Metallmaterial aufstreichen."

„Igor, woher erwerbe ich ein solches Brenngerät?"

„Ich habe im Lager noch eines, hast du 100 €, dann verkaufe ich dir."

„Hier hast du die hundert, genügt es, wenn ich vor dem Anstrich Schrauben in das Metall einsetze?"

„Nein, brauchst du nicht vorher, du musst nur nachher nicht lange warten nach dem Anstrich und dann trocknen lassen."

„Mache ich so, können wir das Gerät beide tragen?"

„Aber ja doch, also geht an die Fabriktür, ich gebe es euch dann."

Willi und Iris trugen das Gerät heim und schlossen es in der Werkstatt an. Es machte Bums, und die Sicherung sprang heraus. Willi ging ins Haus und holte eine stärkere Sicherung. Das funktionierte und er ging gleich daran, zwei Kupferstangen in das Gerät zu legen.

Kurz darauf sah er von seinem Schleifgerät Dampf aufsteigen. Schnell nahm er den

Feuerlöscher und gab einen Strahl in das Gerät. Es zischte und der Dampf war weg. Er schaute im Gerät nach und sah, dass die Sicherung kaputt war. Er schalte den Strom aus und setzte auch dort eine stärkere Sicherung ein. Beim Mittagessen berichtete er seiner Iris, was alles geschehen sei, dass aber die angestrichenen Metallleisten mit dem Kupfer nun trocknen. Sie aßen zu Mittag, und machten eine Stunde Siesta. Als Willi danach in die Werkstatt ging, war alles in Ordnung, als es an die Tür klopfte. Es war sein Nachbar Heinz, der in der Hand zerstückelte Metallstücke hatte.

„Willi, ich wollte vorhin die Schranktür im Schlafzimmer öffnen, da fielen sie hinaus. Hast du noch neue?"

„Heinz, schau dir diese neuen Schrank Stücke an, die würde ich dir gerne für den Schrank machen."

„Willi, meine Türen sind alle schon über zwanzig Jahre alt, ich bringe dir die einzelnen Maße, wenn du sie dann machen kannst, ich messe sie alle aus, und bringe dir die Maße noch am späten Nachmittag."

„Heinz, am besten gehe ich mit und baue dir alle Türen und Schränke aus und nehme die Metallstäbe mit, um sie hier zu prüfen."

So machten sie es, Willi merkte zu Hause, dass alle Metallstücke schon Bruchritzen zeigten. Er rief den Nachbar an, um ihm das zu sagen. Dieser fragte ihm nach dem Preis, und Willi nannte ihm den Preis von 350 €. Heinz bot ihm aber 400 € an, damit wäre er zufrieden. So machte sich Willi an die Arbeit, maß die Metallstäbe aus und schnitt nach dem Maß neue Metallstäbe. Morgen nach dem Frühstück werde er daran weiter werken.

Am Nachmittag hatte Willi alles fertig und brachte die Kupfer-Metallstücke zu seinem Nachbarn und schraubte sie an.

„Willi, das sieht sogar besser aus als vorher, gib mir deine Kontonummer, ich überweise es dir noch heute, wenn meine Hilde mit unseren Kindern zurück ist."

„In Ordnung, hoffentlich gefällt es der Hilde auch so, wie dir."

„Davon kannst du ausgehen, denn ich habe ihr schon Andeutungen gemacht."

Als Willi in der Werkstatt zurück war, dachte er daran, dass er Morgen Früh, wenn die Gesellen wieder da sind, jeden Tag verschiedene neue Projekte in kurzer Zeit fertigstellen.

„Iris, was hältst du davon, wenn ich heute Abend folgendes Inserat für uns aufgeben: Schreinerei Sander fügt über neue Projekte, wer neue Schranktüren braucht, soll sich melden."

„Das ist gut, Willi, ich habe vorhin auf unser Konto geschaut, es schaut gut aus, nachdem Heinz und Hilde darauf 520 € überwiesen haben. Also es sind nun auf dem Laufenden

Konto inzwischen 12.775 €, sollten wir nicht die Hälfte auf dem Festgeldkonto legen, dann gibt es wenigstens Zinsen darauf."

„Das ist eine tolle Maßnahme, mach das gleich morgen früh bei der Bank klar."

Als Iris von der Bank am nächsten Morgen zurückkam, sagte sie ihm in der Werkstatt, dass die Bank meinte, um 3,8 Prozent Zinsen zu kriegen, sollten wir 7,250 € auf das Feste einzahlen, so habe sie es auch gleich getan.

Er gab ihr einen Kuss und arbeitete mit den Gesellen weiter. Sie war auch beim Tagblatt in Wielandstadt und hatte die Annonce aufgegeben. Am nächsten Morgen kamen bis Mittags 23 Leute und wollten neue Metallstücke für ihre Schränke. Er zeigte ihnen die vorbereiteten Stücke und sagte ihnen, dass sie die neuen Stücke Übermorgen abholen könnten. So ging es viele Tage lang, bis Iris mal auf eine Idee kam:

„Willi, was meinst du: in Wielandstadt gibt es doch einige Skippers, die ihre Yachten im Hafen von Torrevieja haben, was meinst du, wir hatten doch auf dem Möhnesee vor Jahren schon ein Schiff, wir haben es verkauft, als wir unsere Werkstatt einrichten wollten."

„Iris, meine beiden Leute sind soweit gut, wir haben auch reichlich Geld, sollten wir und nicht mal bei Kornelli erkundigen, ob es dort im Hafen Yachten gibt, die verkauft werden, und darauf mal Urlaub machen?"

„Ja, die Yacht muss aber so groß sein, dass auch unsere Kinder in den Ferien dort wohnen können. Ach wäre das schön. Wir brauchen doch auch einen neuen Computer, denn unserer ist voll, also fährst du morgen mal nach ARC-SOFT."

Sie verlebten den Abend gemütlich beim Fernsehen und einem Glas Bier und Wein.

„Mein Gott, Iris, was bringen die Nachrichten wieder Unsinn über Politik und Gesellschaft. Man zweifelt schon daran, dass die Regierung in Deutschland abdanken muss."

„Ja, warum können nicht mehr Kreise die Lage von Wielandstadt haben. Man sieht wohl, dass es Demokratie nicht mehr existiert."

„Nun, lassen wir das Fernsehen abdrehen, ich bin müde, lass uns schlafen gehen."

Doch da klingelte das Telefon. Es war das Musikinternat.

„Wir müssen Ihnen mitteilen, dass wir am frühen Abend Waltraud in die Klinik einweisen mussten, sie hat eine Lungenentzündung beim Tanztraining erhalten."

„Hat das der Arzt schon bestätigt?"

„Ja, es wurde auch ein Labor gemacht, sie liegt jetzt in der Intensivabteilung. Machen Sie sich keine Sorgen, sie ist dort gut aufgehoben."

„Ab wann können wir sie besuchen?"

„Bitte, Übermorgen wird es möglich sein."

Sie schliefen beide in dieser Nacht schlecht. Nach dem Frühstück am Morgen, sagte er den beiden Gesellen, sie müssten heute Morgen allein arbeiten, er habe eine Besorgung zu erledigen. Er bat sie noch um Sorgfalt bei der Arbeit und fuhr danach zu ARC-SOFT. Willi bat um ein Gespräch mit Kornelli. Nach 15 Minuten kam er.

„Guten Morgen, Willi, was führt dich zu mir?"

„Ich habe zwei Fragen, Wolf-Dieter, können wir ins Büro gehen?"

„Willst du noch einen Kaffee?"

„Gut, nehme ich dann."

„Also, Wolf-Dieter, zunächst mein Computer ist ja schon älter, und er speichert nicht mehr viel, obwohl Iris weiter Buchführung machen muss. Hast du vielleicht einen, der eine größere Festplatte hat?"

„Aber sicher, Willi, reicht dir eine Festplatte mit 750 GB?"

„Ja, denn unsere hat gerade 500 GB."

„Bist du damit einverstanden, 420 € dafür zu zahlen?"

„Ja, sicher, wann kann ich ihn bekommen?"

„Du kannst ihn in einer halben Stunde mitnehmen. Ich gebe dir auch ein Kabel mit, damit du oder Iris die wichtigsten Daten zu übertragen."

„Meine zweite Frage: du weißt doch, dass wir damals unser Schiff verkaufen mussten, um die Werkstatt einzurichten. Du hast doch eine Yacht im Marina Hafen von Torrevieja, gibt es dort eine Yacht, auf die unsere Familie im Urlaub wohnen kann, die ich kaufen kann?"

„Schau mal hier in diese CBN, du kannst sie gleich mitnehmen und mit Iris studieren. Es gibt dort viele bis 15 m lang."

„Du meinst, in dieser Zeitung sind Annoncen?"

Willi verabschiedete sich und Winfried hatte schon den neuen Computer in sein Auto eingeladen. Zu Hause schloss er das Kabel und lud vom alten Computer die Buchführung und die Software von der Musik herunter auf den neuen PC. Er bat Iris, zur Bank zu gehen und an ARC-SOFT den Betrag zu überweisen. Sie machte es gleich, und als sie zurückkam, studierte sie die CBN. Sie fand ein Inserat aus Treber, rief dort den Herrn Bummer an.

„Hallo, Onkel Karl, hier Iris in Wielandstadt. Kennst du mich noch?"

„Aber sicher Iris, du bist doch verheiratet mit Willi, habt ihr eigentlich Kinder und geht eure Firma gut?"

„Aber ja, wir haben zwei Töchter und unserer Firma geht es gut, deshalb meine Frage: du hast in der CBN ein Inserat mit Verkauf deiner Yacht in Torrevieja, warum verkaufst du sie?"

„Iris, ich hatte einen Bänderriss, wurde in Frankfurt operiert, mir wurde aber verboten, weiter auf unserer Yacht zu wohnen, meine Bänder würden beim nächsten Schaukeln der Yacht wieder reißen. Wollt ihr meine Yacht also kaufen?"

„Wie groß ist sie denn, kann meine Familie im Urlaub darauf wohnen?"

„Iris, sie ist 4,60m breit und 13,50 lang, sie ist groß für euch. Ihr könnt auch darauf kochen und Brot backen, alles ist noch on Bord."

„Und was willst du für deine Yacht haben?"

„Also, Iris, wenn ihr es könnt, 11.000 €, die brauchen wir, weil wir in La Marina eine Wohnung kaufen wollen. Könnt ihr mal zu uns kommen."

„Onkel, wenn dir Recht ist, kommen wir am Wochenende, wann braucht ihr das Geld?"

„Ihr könnt uns am Wochenende einen Scheck mitbringen."

„Ist es nicht besser, wenn ich morgen zur Bank gehe und euch den Betrag auf euer Konto einzuzahlen?"

Er gab ihr die Kontonummer und Bankleitzahl und verabschiedete sich. Iris rief ihre Freundin Heidi bei der Bank an und bat sie, den Betrag auf das Konto des Onkels zu geben. Sie sagte, sie mache es gleich.

„Hallo, Timo, was sagst du dazu, wir haben in Torrevieja eine Yacht von 13,5 m lang."

„Toll, und was hat sie gekostet?"

„Staune, mein Schatz: 11.000 Euro, ich will dich nicht länger hinhalten: mein Onkel bei Frankfurt hat sie mir verkauft."

„Onkel Karl hatte eine Yacht?"

„Ja, er darf darauf nicht mehr wohnen, hatte dort einen Bänderriss bekommen, er will in Marina eine Wohnung kaufen, um dort am Mittelmeer zu wohnen, da fehlte ihm unser Geld."

„Dann überweise es doch heute Nachmittag."

„Willi, es ist schon geschehen, deshalb sagte ich ja, wir haben eine Yacht in Torrevieja. Und Onkel Karl hat uns am Wochenende gebeten zu kommen, um die Papiere abzuholen."

Willi nahm sie in den Arm und gab ihr einen Kuss.

„Danke, mein Engel, wenn ich dich nicht hätte, dann wäre ich wohl schon tot. Schau, wie viele Materialien meine Leute schon gemacht haben. Wenn das so weitergeht, sind wir bald Millionäre."

„Das ist wohl war, und wenn unsere Kinder große Ferien haben, werden wir nach Torrevieja fahren und unsere Yacht an-schauen."

„Meinst du, wir können uns auf deine beiden Gesellen dann verlassen?"

„Ich denke, sie können dann auch 14 Tage Urlaub machen."

„Gut, denn auch viele Wielandstädter sind dann auch auf Urlaub. Wir werden aber sicher drei Wochen dort bleiben, wir nehmen auf jeden Fall unseren Laptop mit, um dort dann E-Mails an unsere Leute zu verschicken."

„Wolf-Dieter Kornelli hat mir noch gesagt, dass man dort in Alicante anrufen soll bei Aracona Net, die uns dann ein Funk Net liefern."

„Willi, ich glaube, wir müssen den Laptop mal aufladen, ich mache es gleich, und prüfe, ob er nicht voll ist."

„Mache das, ich rede jetzt mit den beiden."

„Harro, Werner, macht mal Pause. Also, wann wollt ihr Urlaub machen?"

„Meister, wenn die Ferien kommen, wollen wir gerne unseren Vetter in Köln besuchen und 14 Tage dort bleiben."

„Das habe ich mir schon so gedacht, meine Frau und ich wollen gerne in der Zeit auch auf unser Schiff nach Spanien reisen, kann ich mich auf euch verlassen, dass ihr die Werkstatt gut leitet?"

„Aber ja doch, unser Interesse ist doch groß an diesen neuen Projekten."

„Auch am Samstag könnt ihr frei machen, den ich muss die Papiere von der Yacht abholen, also ich muss nach Trebern fahren. Also, jetzt wieder an die Arbeit."

An diesem Tag kamen wieder 13 Leute, die gerne die neuen Schrankbefestigungen hätten. Sie wurden alle gut bestückt, die meisten zahlten sofort. Die Zeit mit weiteren Teilen rannte davon, bis Samstag hatten sie 25 Kunden bedient.

„Schön, dass ihr heute schon kommt, ich habe für euch schon alles vorbereitet, und uns beiden auch, also Ilse kocht gerade Kaffee. Dann studiert solange diese Papiere."

„Onkel Karl, da stehen ja schon unsere Namen auf den Schiffspapieren und der Versicherung."

„Ja, Willi und Iris, hier ist auch unsere Wohnung in La Marina, der Vertrag ist um 30 Prozent billiger geworden. Ich habe übrigens 15 Prozent davon wieder auf euer Konto zurückgezahlt."

„Lieber Onkel und liebe Tante Ilse, das war nicht notwendig, denn unsere Firma läuft ausgezeichnet. Nun, wenn ihr trotzdem einverstanden seid, werden wir es zur Hälfte auf die Konten unserer Kinder ableiten."

„Ach ja, wie geht es denn der Waltraud?"

„Sie muss noch bis Dienstag in der Klinik bei uns bleiben, aber es geht ihr schon gut, sagte uns der Arzt gestern."

„Also, ihr habt ja gesehen den Liegevertrag bei Marina, wenn ihr dort seid, dann richtet ein Konto bei der dortigen CAM-Bank ein, denn das Office dort kann nicht in Wielandstadt abbuchen, es ist zu gefährlich."

„Was müssen wir dort einrichten: Liegegebühr, Strom, Wasser und Parkgebühr?"

„Ja, ich gebe euch unsere zweite Kontonummer dort, diese brauchen wir nicht mehr. Hier die Kontonummer und ihr geht zu CAM, legt euren Ausweis vor und mein Anschreiben, dass dieses Konto auf euren Namen übertragen wird. Wohnbereich ist: Office Marina

Internacionale 03181 Torrevieja, hier also mein Anschreiben."

„Sprechen die bei der CAM denn deutsch?"

„Ja, die meisten dort: parla Aleman, und ihr legt alles vor. Auch bei dem Office dort sprechen zwei Leute deutsch, Frau Nathalie bittet ihr, dass Marina euch beim Meldeamt anmelden soll, gegen 50 € macht sie es."

„Wie bist du auf deiner Yacht ins Internet gekommen?"

„Willi, der Adapter mit USB Anschluss liegt im Schrank dort auf dem Schiff. Diesen heftet er an den Gardinenhaken. Und schon seht ihr, wie Ancona sich einloggt. Der Anschluss kosten monatlich 32 €, die Ancona von der CAM abbucht."

„Das so hat uns auch Wolf-Dieter Kornelli gesagt."

„Ach, ihr kennt ihn, seine Yacht liegt übrigens am gleichen Kai."

„Ja, wir kennen ihn sogar gut, er ist außer im Beruf auch Vorsitzender von HARMONIE, unserem Musikverein in Wielandstadt."

„Das wissen wir doch, Luna, wir Skipper im Marina Hafen haben alle einen guten Kontakt gehabt."

„Ich dachte, Wolf-Dieter wohnt in Sieste."

„Richtig, dort hat er eine Finka, vielleicht lädt er euch ja mal dorthin ein."

„Ihr Lieben, wir müssen jetzt wohl fahren, denn wir wollen vor Mittag noch Waltraud besuchen."

„Gut, ich packe alle Sachen jetzt in einen leeren Ordner, wenn noch Fragen sind, dann ruft an."

Mit dem Ordner fuhren sie gleich zur Klinik und zogen sich für die Intensivstation um und gingen in ihr Zimmer. Waltraud war froh:

„Ich freue mich, dass ihr gekommen seid, Papa musstest du nicht heute noch arbeiten?"

„Nein, mein Schatz, wir hatten heute geschlossen, wir haben bei unserem Onkel Karl die Schiffspapiere abgeholt. Und wie geht es dir?"

„Als heute Morgen der Doktor bei mir war, erklärte er mir den Laborwert. Ich habe einen Virus im Körper an der Magendrüse, der wird heute Nachmittag operiert."

„Moment, Tochter, Mutter und ich gehen mal schnell zum Doktor."

Sie fanden ihn im Stationszimmer:

„Herr Doktor, können wir sie mal sprechen?"

„Kommen Sie herein, ich esse gerade dieses Stück zu Ende, Schwester Hilde kann ruhig hier bleiben."

„Herr Doktor, Waltraud hat uns gerade berichtet, was los ist. Wissen Sie, dass sie und ihre Schwester Zwillinge sind?"

„Nein, das habe ich nicht gewusst, ist Ihre andere Tochter denn gesund?"

„Ja, es ist so, sie war übrigens heute mit uns zu unserem Onkel in Treber. Sie hat nicht geklagt. ^Wir haben es uns auch überlegt, weil die Lungenentzündung so lange dauerte, ober nicht einer von uns unserer Waltraud Blut spenden sollte, einer von uns beiden hat doch sicher den gleichen DANA Wert."

„Wo haben Sie denn die Kinder geboren?"

„Hier, Herr Doktor, vor 11 Jahren?"

Er telefonierte und erfuhr, dass alle in der Familie den gleichen Blutwert hatten.

„Also, sind Sie bereit Blut abzugeben? Dann legen wir Waltraud ins Koma und lassen Ihr gespendetes Blut ein, während das alte herausläuft. Sie muss dann aber noch bis Ende der Woche noch hier bleiben, um den Körper zu schonen. Das heißt, sie bleibt noch drei Tage im Koma."

„Ist gut, Herr Doktor, können wir danach unsere andere Tochter mal zur Untersuchung bringen?"

„Aber natürlich, wenn Waltraud wieder da ist, könnt ihr sie mal bringen."

Sie verabschiedeten sich und Willi und Iris fuhren nach Hause, brachten aber vorher die Tochter ins Internat. Sie aßen auch zu Mittag, nahmen noch einmal die Akte hervor, studierten sie noch mal und machten dann eine halbe Stunde Siesta. Danach überlegten sie, wie sie ihren Urlaub auf dem Schiff angehen sollten.

„Also, Iris, wenn wir mit dem Auto fahren, brauchen wir sicher zwei Tage, denn es sind bis dort 2300 km. Ich plädiere dafür, wir fliegen bis Alicante und kaufen uns dort ein Auto, erstens wist das billiger und zweitens können wir die Gegend gut betrachten."

„Also, Willi, das ist gut, aber wir sollten mit dem Taxi nach Torrevieja fahren, und uns dann dort erst beim Office anmelden und danach ein Auto kaufen."

Bei Horst Ludger kam ein Anruf:

„Hier Heinz Western, Horst, mein Ford ist wohl in der Nacht gestohlen worden. Es hat die Nummer: WI-HW 308. Zu meinem Leid: im Handschuhfach lagen meine Fahrzeugpapiere. Was kannst du tun, oder kann mir von euch jemand helfen?"

„Also, Heinz, natürlich helfen wir dir, du hast aber niemanden gehört?"

„Nein, Horst, ich bin ja von meiner Arbeit erst um 2 Uhr in der Nacht heimgekommen, da bin ich sofort eingeschlafen."

„Gut, Heinz, ich werde ein Suchkommando beauftragen, ich gebe dir Bescheid."

„Horst, was mache ich, wenn ich Nachschub holen muss, kann ich mir einen Leihwagen besorgen?"

„Ja, Heinz, kannst du, wir werden die Kosten vom Dieb einholen."

Nach einer Stunde meldete sich das Kommando bei Horst:

„Wir haben den Wagen gefunden, ersteht beim Ordnungsamt. Das Auto wurde heute in den frühen Morgen geholt, der Halter hat versäumt, dass er seit drei Wochen eine neue TÜV Untersuchung den Termin wohl vergessen hat."

„Wann kann er ihn abholen?"

„Er kann ihn heute Nachmittag dort abholen."

„Gut, dann gebe ich ihm Bescheid."

„Also, Heinz, dein Auto wurde nicht geklaut, es wird zurzeit beim TÜV geprüft, das hast du wohl vergessen."

„Also, ich hatte in der letzten Zeit viel zu tun, da habe ich es wirklich nicht beachtet. Dann nehme heute Nachmittag ein Taxi und hole den Wagen ab. Dann brauche ich ja keinen Leihwagen."

„Nein, mache das so, also dann bis zur Probe bei HARMONIE am Freitag."

Horst hatte gerade aufgelegt, als eine Frau Kaminsky aus Else ihn anrief und fragte, ob sie ihn in einer Stunde besuchen kann. Er gab der Frau Recht, er erwarte sie gegen 12 Uhr. Um 12 Uhr meldete sein Sekretariat die Ankunft von einer Frau Kaminsky.

„Guten Tag, also was führt Sie zu mir?"

„Herr Kriminalrat, die Lehrerin von meiner Tochter Martina rief mich an und sagte mir, dass meine Tochter heute nicht in der Schule war. Da habe ich mir Sorgen gemacht und Sie angerufen."

„Woher stammen Sie, Frau Kaminsky?"

„Wir kommen aus Tschechien, und da habe ich den Verdacht, dass mein Mann Viktor, er ist Redakteur hier bei einem Boten, und er hat vor zwei Wochen einen Bericht über eine Mafia darin geschrieben. Das könnte die Folge sein."

„Ja, Frau Kaminsky, sagen Sie das Ihrem Mann, solche Berichte machen auch uns neugierig, wir werden noch heute Ihre Martina suchen. Geben Sie bitte Ihre genaue Anschrift und die Telefonnummer."

Sie schrieb ihm alles auf und verabschiedete sich, nachdem sie ihm noch ein Foto von ihrer Martina gegeben hatte. Nach dem Mittagessen gingen Horst mit Irene und einen Trupp Polizisten auf die Suche. Nach zwei Stunden bellte der Suchhund, der Trupp lief hin, und sie fanden das Mädchen mit einem Stich in den Hals. Irene fühlte den Puls, rief sofort den Rettungswagen dorthin, der in fünf Minuten dort waren. Der Arzt verstopfte die Wunde und setzte ein Athemgerät an. Dann legten sie die Kleine in den Rettungswagen und fuhren in die Klinik.

„Irene, gut wie der Hund so schnell gefunden hat."

„Ja, Horst, wir in Wielandstadt sind gut ausgebildet, so kommen wir immer erfolgreich zu Putte. Ach wie gerne fülle ich meinen Beruf aus."

Dem Arzt sagten sie noch, dass er sie informieren soll, sollte Marina wieder erwachen.

Sie waren gerade wieder im Büro, als der Arzt anrief und sagte, dass das Mädchen sofort operiert wurde, denn die Rippe in Höhe der Lunge war gebrochen. Sie hätten sie sofort ins Koma versetzt. Sie wird also wieder in zwei Tagen erwachen, dann könne die Mutter sie besuchen.

Irene rief dann die Mutter an, um ihr den Erfolg zu berichten.

Nach zwei Tagen am Nachmittag kam die Mutter in die Klinik, und fragte nach dem Zimmer der Tochter. Als sie dort ankam, war im Zimmer der Arzt und begrüßte die Mutter. Tochter Martina schlief und der Doktor ging mit ihr in den Flur.

„Frau Kaminsky, als heute Morgen Ihre Martina erwachte, stellte ich fest, dass sie ihre rechte Seite nicht bewegen konnte. Wir haben dann mit ihr eine Untersuchung gemacht, und festgestellt, dass sie eine starke Muskelschwäche auf der rechten Seite hat."

„Und was kann man dagegen unternehmen?"

„Wir werden Ihre Tochter noch ein paar Tage hier behalten, um eine Rehabilitation durchzuführen. Wir hoffen, dann wird sie wieder laufen können. Also machen Sie sich keine Sorgen."

„Hier meine Rufnummer, wenn was ist, dann rufen Sie mich bitte an."

Er versprach es und sie verabschiedeten sich.

Bei Ludger meldete sich ein Polizist vom Suchtrupp.

„Herr Kommissar, uns hat es nicht in Ruhe gelassen, wir sind noch einmal an den Tatort gegangen und haben dort mit einem neuen Gerät gesucht. Im Umkreis von 10 Metern meldete sich das Gerät. Wir haben den Laub bei Seite gebracht und wir fanden dieses Material."

„Obermeister, das ist toll, es sieht ja aus wie ein Dolch. Bringen Sie es ins Labor, vielleicht finden die etwas."

„Gut, mache ich gleich, denn wir in unserer Abteilung haben uns das Gleiche gedacht, ich wollte Sie schon mal informieren."

„Ich bedanke mich bei Ihnen und Ihren Trupp, ich bin auch auf ein Ergebnis des Labors gespannt. Also, machen Sie es schnell."

Sie verabschiedeten sich und als Irene kam, berichtete er ihr vom Ergebnis des Polizeitrupps. Nach ihrem Mittagessen in der Kantine meldete sich im Büro der Laborant und brachte ihnen das Ergebnis des Labors. Irene rief in der Klinik an und bat ihnen ein Fax zu schicken von den Laborwerten der Martina Kaminsky. In 10 Minuten war es da.

„Horst schaue einmal, auf dem Dolch ist die gleiche Blutgruppe wie die von Martina. Gib mir die Order, dass ich im PC auch nach dem Fingerabdruck suchen werde."

„Gut, Irene, mache das, schau aber erst nach unseren Ausländern nach, du kennst doch die Ursache von dem Unheil."

„Natürlich, Horst, so werde ich es machen."

Nach einer Stunde hatte sie ein Ergebnis, in Harborn wohnte ein Guido Burschow aus Serbien. Sofort fuhren sie zu dieser Adresse und fanden auch diesen Mann. Sie nahmen eine Probe von seinem Daumen, verglichen ihn und legten ihm die Handschellen an und förderten ihn sofort in die Voruntersuchung. Dann riefen sie Herrn Kaminsky an, und fragten ihn, ob er und seine Frau am Nachmittag an, ob sie am Nachmittag gegen 17 Uhr bei ihnen im Büro sein könnten. Sie sagten zu und Horst und Irene nahmen ihr Hörgerät und gingen in die Voruntersuchung. Bei sich hatten sie einen Kollegen, der gut russisch sprechen konnte. Nach einer Stunde hatten sie das Gespräch aufgenommen. Es war wie ihnen der Kollege sagte erschreckend. Er sollte den Kaminsky gefangen nehmen und mit nach Russland nehmen. Habe ihn aber nicht erreicht und habe darum die Tochter verletzt.

Horst und Irena verfassten die Anklage und brachten sie dem Staatsanwalt.

„Guten Tag, Kommissare, wir sind ein wenig früher."

„Macht nichts, also hört euch mal das an." Horst stellte das Hörgerät an und er merkte die erschrockenen Minen der beiden.

„Herr, Kommissar, wir kennen die Stimme, dieser Mann betreibt Spionage mit zwei Leuten in Russland und im Balkan. Was geschieht mit ihm?"

„Er sitzt schon in Haft und die Anklage läuft, also ich empfehle euch beiden, eure Nachnamen zu ändern, seid ihr einverstanden?"

„Frau Kommissarin, ja aber wie mach wir es?"

„Habt ihr eure Pässe und Einbürgerung bei euch?"

„Ja, hier sind sie."

„Also, dann machen wir beiden Feuerabend und gehen zwei Straßen weiter zum Notar Hampf, klar?"

Sie machten sich auf den Weg und fanden Werner Hampf, der sie in sein Büro bat und fragte, worum es ging.

„Werner, es geht um dieses Ehepaar Kaminsky und ihre Tochter Martina, du kennst doch um die Geschichte. Heute Morgen haben wir den Mann gefangen genommen und angeklagt. Wir haben den beiden empfohlen, ihre Nachnamen zu ändern, denn wir beide glauben, dass die Spionage auch bei uns kein Ende nehmen wird."

„Ja, gut, dass ihr alle gekommen seid, dann gebt mir mal eure Papiere, Ehepaar Kaminsky."

Sie gaben sie ihm, und Werner nahm ein Formular und füllte es aus, „so jetzt frage ich Sie, welchen Nachnamen wünschen Sie"

„Herr Notar, welchen Namen haben Sie?"

„Also, bei einem Flugzeugabsturz in Florida war eine Familie aus Alsenborn, das Haus ist auch leer, die Familie hieß mit Nachnamen Weilser. Diesen Namen können Sie haben, ich habe auch hier den Verkauf des Hauses."

„Gut, Notar, Namen und Haus sind in Ordnung, dann kündigen wir unsere Wohnung in Else."

„Ja, das ist gut, dann kommen Sie morgen um 15 Uhr zu mir?"

„Kann es auch um 16,30 Uhr sein, denn wir müssen bis 16 Uhr arbeiten."

„Gut, wo arbeiten Sie?"

„Ich bin Drucker hier in Wielandstadt und Iris ist Bibliothekarin hier in Buchladen."

„Die beiden kenne ich gut, also ich sehe Morgen hier bei mir?"

Sie verabschiedeten sich und fuhren nach Haus. Dort gingen sie zum Hausverwalter, um ihm zu sagen, dass sie zum Monatsende ihre Wohnung kündigen würden.

„Was haben Sie denn vor, wollen Sie wieder in Ihre Heimat zurückkehren? Oder können Sie mir sagen, was Sie vorhaben?"

„Herr Mayer, Sie wissen doch, was mit unserer Tochter Martina geschehen ist, mir scheint Ähnliches zu passieren, deshalb müssen wir hier bald ausziehen und woanders eine Wohnung suchen."

„Das verstehe ich, ich werde nun alles in die Wege leiten."

„Sie werden auch verstehen, wenn wir Ihnen nicht sagen, welche Wohnung wir dann haben werden, wir hoffen, Sie verstehen das."

Als sie in ihre Wohnung kamen, klingelte das Telefon. Es war der Doktor in der Klinik.

„Frau Kaminsky, Ihrer Tochter geht es gut, Sie können Martina Morgen Nachmittag schon abholen."

„Gut, wir freuen uns, dann haben wir auch etwas mit Ihnen zu besprechen."

Iris berichtete es ihrem Gatten. Der rief den Notar an, um ihm zu sagen, dass sie eine halbe Stunde später kommen, weil sie vorher ihre Martina abholen müssen. Als es dann bei ihnen läutete, schaute er durchs Fenster und sah einen weiteren Menschen aus Serbien. Da rief er Horst Ludger an, um ihm das zu sagen.

Nach zwei Minuten war ein Polizeiwagen dort und nahm den Mann fest.

Sie verbrachten den Abend und die Nacht im Dunkel, vorher riefen sie in ihren Arbeitsstellen an, um zu sagen, dass sie am nächsten Tag nicht kommen könnten. Am nächsten Tag um 15 Uhr schaute er durch alle Fenster, ob sie jemand beobachtet. Da nichts zu sehen war, fuhren sie in die Klinik und besuchten die Tochter.

„Sie sagten am Telefon, Sie hätten etwas mit mir zu besprechen?"

„Ja, Herr Doktor, gehen Sie mit mir in den Flur?"

Im Flur reichte ihm der Doktor eine Tasse Kaffee, dabei berichtete er dem Doktor über die Namenänderung und die Wohnungs-Änderung, die er nachreichen werde. Der Doktor sagte ihm, dass sie richtig handeln und werde es keinem Patienten in der Klinik berichten, nur in der Verwaltung der Klinik.

„So jetzt gehen Sie wieder zur Tochter, Ihre Frau hat sie sicher schon angezogen."

So war es und sie führten Martina ins Auto und fuhren zum Notar. Dieser hatte schon alles vorbereitet bei Gericht und dem Einwohneramt.

„Frau und Herr Weisel, jetzt fahren Sie mit mir nach Alsenborn, Ihre neue Adresse."

„Was, das ist unser Haus, können wir das denn bezahlen?"

„Das können Sie, wenn Sie Mitglieder in HARMONIE werden, wie ich weiß, können Sie ja gut singen?"

„Herr Notar, sicher, das können wir, wir spielen aber auch Cello und Bratsche, und meine Frau kann auch Balladen schreiben und sie komponieren. Also, wenn wir Mitglieder sind, wie können wir das bezahlen?"

„Wenn Sie als Mitglieder 1.800 € als Fond bei HARMONIE eingeben, dann kauft unser

Verein das Haus und Sie zahlen es jährlich mit 1800 € ab."

„Das klingt aber gut, also wo melden wir uns an?"

„Frau Weisel, das mache ich selbst, was lernt also Martina im Musikinternat?"

„Ich lerne auch Bratsche und inzwischen auch an einerHarmonika."

„Also eine musische Familie, sind Sie also einverstanden, dann schauen wir euer Haus an."

Der Notar schloss die Tür auf und sie gingen hinein. Sie war voll eingerichtet, im

Kühleisschrank in der Küche waren sogar Speisen. Es gab ein Kinderzimmer, Schlafzimmer daneben, auch das Wohnzimmer ließ keine Wünsche übrig. Es gab auch einen Keller mit Bügelraum, Heizungsraum und ein Fitnessraum.

Sie sahen, dass auf dem Süd Dach eine Solaranlage installiert war. Werner Hampf sagte ihnen, dass 75 Prozent der Stromkosten damit geleistet werden.

„Was ist mit der Einrichtung und ab wann können wir hier wohnen?"

„Grundsätzlich sei gesagt, schaut in meine Papiere, wenn ihr wieder hier seid. Ihr wohnt hier und die Einrichtung ebenso, wenn wir nun hinausgehen, dann schaut mal dorthin, wo die Schelle angebracht ist."

Sie gingen hinaus und sahen, dass an der Schelle der Name Familie Weisel stand. Sie verabredeten, dass der Vater allein mit dem Notar fährt, Mutter und Tochter bleiben zu Hause. Dann fuhren sie los, und als sie in der Wielandstraße stand dort der Wagen mit einer anderen Nummer.

„Schließen Sie mal auf und nehmen ihre alten Autopapiere und geben Sie mir, ich muss sie aktivieren. Übrigens, das habe ich vergessen, Sie haben in Alsenborn auch ein Telefon und einen Internetanschluss, wenn Sie nach Hause kommen, Sie sind bei ARC-SOFT angeschlossen. Ihre alte Wohnung in Else ist inzwischen gekündigt vom Einwohneramt. Und noch etwas, ich heiße Werner und wir können uns inzwischen wie alle Mitglieder Duzen."

„Danke für alles, Werner, also HARMONIE ist ja etwas Besonderes. Ich überweise inzwischen den Betrag."

„Das ist inzwischen schon abgebucht, du kannst also direkt nach Hause fahren."

Dann fuhr Edmund heim zu seiner Familie, um ihr alles von Werner zu sagen. Dann studierten sie die Papiere und fanden sogar die Aufnahme als Mitglieder bei HARMONIE, wo jeden Freitag um 17.30 Uhr Probe sei. Martina ging es am nächsten Tag sehr gut und sie bat ihren Vater, sie wieder ins Internat zu bringen.

„Martina, wie heißt du denn?"

„Ich heiße doch Martina Weisel, habe es doch vernommen. Habt ihr etwas dagegen, oder seid ihr einverstanden, wenn ich wieder tätig werde?"

„Gut, Martina, ab Morgen früh nach dem Frühstück nehmen wir dich mit und liefern dich ab."

Mutter Iris machte sich jetzt in der Küche aktiv, während Vater sich am Computer warm machte und Martina ihm zuschaute.

„Schau mal, was ich eingeloggt habe, es sind Noten von Haendle, kannst du etwas damit anfangen?"

„Aber ja, Papa, alle diese Noten habe ich im Internat."

„Kommt ihr beiden zum Abendbrot?"

„Iris, Schatz, woher hast du das frische Brot?"

„Es war in dem da oben im Brotgerät dort, also was hier alles ist, du glaubst es nicht, das hat der Wiegand von ARC-SOFT mitgebracht. Zusätzlich Mehrkornmehl und eine

Dose Kümmel, so dass ich selbst Brot backen kann. Also probiert es mal mit dem Schmelz Käse. Das Gemüse dazu habe ich in der Mikrowelle aufgekocht mit Sahne. Alles gibt es nun hier."

Brot und Gemüse schmeckte ihnen wunderbar. Danach schauten Mutter – Kind Fernsehen, und Vater holte aus dem Auto alles, was sie in Else eingepackt hatten und brachte es nach und nach ins Haus. Danach setzte sich zur Familie und Mutter und Vater genossen ein Glas Wein und Martina ein Glas Orangensaft und schauten dabei noch ein wenig Fernsehen.

„Schatz, hattest du alles eingepackt?"

„Ja, Liebling, ich glaube, ich habe nichts vergessen."

„Dann werden wir morgen die Wohnungsschlüssel in Else zurückgeben, wenn wir die Wohnung überprüft haben."

„Ja, Schatz, so machen wir es, wenn unsere Arbeit zu Ende ist, oder sollen wir es gleich morgens machen?"

„Es wäre besser, dann sollten wir nach dem Frühstück anrufen, dass wir später kommen werden."

„So werden wir es machen. Martina, jetzt aber solltest du zu Bett gehen, damit du morgen gesund ins Internat kommst."

„Gut, dann gute Nacht, euch auch einen guten Schlaf. Ich gehe noch ins Bad, Papa habe ich eine Zahnbürste im Bad?"

„Ja, mein Schatz, dort im rechten Glas ist deine."

Martina gab jedem einen Kuss und ging ins Bad. Auch Iris und Edmund gingen bald schlafen, denn der Tag war für alle ziemlich anstrengend. Im Bett hatten sie sich lieb und schliefen bald danach ein. Es dauerte nicht lange und alle fühlten sich in dem Haus wohl, auch die Proben bei HARMONIE liefen gut.

Bei einer der Proben fragte sie Ulf Siebert, ob er sie am Samstag besuchen könne, denn ihm sei was zu Ohren gekommen, darüber wolle er mit ihnen sprechen. Sie sagten ihm, dass sie morgen Nachmittag zu Hause seien und ihn erwarten zur Jause. Er war einverstanden und alle gingen und fuhren nach Hause.

Um 16 Uhr am Samstag war Ulf Siebert bei ihnen, er und Iris und Edmund genossen den Kaffee und die Zugabe von Plätzchen, die Iris am Mittag gebacken hatte.

„Wo habt ihr denn die Plätzchen gekauft?"

„Ulf, die habe ich selbst gebacken, wollte sehen, ob sie schmecken."

„Ah, sie schmecken wunderbar, nun aber zu meiner Frage, ich weiß ja, was ihr alles erlebt habt, nun aber Iris, ich vernahm, dass du Balladen schreibst und vertonst. Stimmt das?"

„Ulf, ich habe vor 12 Jahren in Serbien in Musik mein Diplom gemacht, und als ich ausreichend Deutsch konnte, habe ich im Beruf in der Bibliothek Balladen geschrieben. Und eines Tages, als wir drei unsere Hausmusik machten, kam mir plötzlich die Idee, meine Balladen zu vertonen."

„Kannst du mir mal eine Ballade vortragen?"

„Moment, Edmund und ich holen unsere Instrumente."

Kurz danach kamen sie und spielten zunächst ein Vorspiel. Dann begannen sie zu singen und spielten dazu:

O Freude über Freude,

was verkündest du heute.

Ist es Gottes hienieden Geist,

der uns wieder unterweist?

Oh lebet, lebet wohl,

sei im Leben nicht hohl.

Genieß dein Heil im frohen Sinn,

und sei im Sein kein Bims.

Was ist das nur für eine Welt,

auf der uns wenig zusammen hält.

Warum nur glauben nur an Gott,

wer geweiht und lebet flott.

Sind wir nicht alle Geisteskinder,

und sind oft arme Sünder?

Dann ist es doch eine ganze Welt,

die uns immer noch zusammen hält.

Refr.

Liebe, Frohsinn unser täglich Brot,

was uns Gott und Geist gebot.

Hallo, öffne allen die Tür,

> dann ist unser Leben für und für.

Es folgten noch sechs Takte Nachspiel und Ulf zeigte seine Begeisterung:

„Iris und Edmund, ihr seid ja wunderbar, habt ihr noch mehr auf Lager?"

„Ulf, die Hälfte unserer Balladen und musischen Interpretationen habe ich schon auf einer Audio gespeichert."

„Ulf, wir hatten mit dem Umzug nach hier einiges zu tun, deshalb sind wir noch nicht dazu gekommen, vom Computer alle unsere Interpretationen auf Audio zu speichern. Ich denke, in den nächsten Tagen werden wir dazu kommen."

„In Ordnung, dann ruft mich an, wenn ihr soweit seid. Also macht es gut, ich muss jetzt nach Hause."

Er sagte ihnen noch, dass bei Durchsicht aller Werke er, wenn alle so gut seien, im Auftrag von HARMONIE eine Extra-Audio produzieren werde zu ihrem eigenen Verdienst.

Als Ulf gegangen war, rief die Bratschen-Lehrerin an:

„Frau Weisel, ich muss Sie loben, Martina hat nichts verlernt, trotz des Missgeschicks spielt sie besser als vorher."

„Frau Heller, das hat wohl dazu geführt, dass wir täglich Hausmusik hier machen und Martina dann zu Hause Begeisterung zeigt. Außerdem hat sie inzwischen gelernt, mit dem Computer umzugehen."

„Das merkt man bei ihr an, denn ihre Interpretation so von alten Komponisten zeigt sich in der letzten Zeit sehr auffallend. Also machen Sie weiter mit ihr, dann wird sie eines Tages gut bei HARMONIE einen Platz haben. Hoffentlich bleibt Martina gesund. Also machen Sie es gut."

Sie legten auf und Iris ging daran, vom Computer ihre Werke auf der Audio zu speichern. Dabei merkte sie, dass sie wohl vergessen hatte, einige Takte richtig einzuordnen und machte es genauer. Das ganze Wochenende arbeitete sie daran, ihr Edmund war begeistert von ihrem Eifer, und arbeitete dafür in der Küche und Iris war zufrieden mit seinen Speisen. Als Edmund am Sonntagabend sich ihre Arbeit anschaute, war er mit allen Verbesserungen einverstanden. Nach dem Frühstück am Montag rief Edmund bei Ulf Siebert an, ob sie am Abend zu ihm kommen könnten. Er lud sie um 18 Uhr zu sich.

„Edmund oder Iris, wer spielt denn die zweite Bratsche und bei anderen bei einigen Stücken die Harmonika?"

„Ulf, das ist unsere Tochter Martina, sie spielt nach ihrem Missgeschick ausgezeichnet ihre beiden Instrumente, oder?"

„Das muss ich auch feststellen, schade dass sie noch so jung ist, sonst würde ich sie gleich in unserem Orchester engagieren."

Sie mussten alle drei lachen, danach sagte Ulf:

„Ich werde zur nächsten Probe noch hinzufügen eine Pauke und eine Bassgeige, die die

Takte einzeln aufmöbeln, seid ihr einverstanden?"

„Aber sicher, Ulf, hierhabe ich in der Tasche meine Noten, willst du sie haben?"

„Iris, das ist gut, so ist dann alles geregelt, macht bitte so weiter."

Sie verabschiedeten sich und Iris und Edmund machten sich heim.

„Liebster, wir sollten abends nicht mehr ausgiebig essen, das schadet unsere Gesundheit. Ich denke daran, dass wir heute damit beginnen werden. Ich mache in eine Schale Gemüse an, dazu gibt es eine Schnitte von unserem Brot mit Käse darauf."

„Das, Schatz, ist wunderbar, mir kam das auch schon in den Sinn, traute mich aber nicht, dir das zu sagen."

„Gut, dann richte ich es gleich her, du richtest zum Trinken her, also bis gleich."

Sie aßen gemütlich und sahen dabei die Nachrichten im Fernsehen. Sie tranken nach dem Essen noch ein Glas Wein und sahen dabei einen Heimatfilm. So ging es bei ihnen alle folgenden Wochen. Als sie am Freitag bei der Probe waren, führte Ulf allen die Audio von ihnen vor, und alle in Chor und Orchester waren begeistert.

„Ihr Lieben, so wie ihr, war ich auch zufrieden mit der Audio von Iris, Edmund und Tochter Martina. Knuth wird noch an diesem Wochenende davon 25.000 Audios machen und veräußern in der folgenden Woche."

„Ulf, dann wird HARMONIE sicher reich."

„Anton, du irrst, denn HARMONIE bekommt davon 30 Prozent, den Rest verdient die Familie Weisel."

Als weitere Proben im Chor und Orchester gemacht wurden, gingen alle hinaus, und gingen und fuhren nach Hause. Ulf hielt Iris und Edmund noch an, um ihnen zu sagen, dass alles in Ordnung sei, und sie Tochter Martina kommen Freitag mal mitbringen sollten, er würde sie vor allen mal vorspielen lassen. Sie waren einverstanden.

Als sie dann zu Hause waren, läutete ein Mann an der Tür.

„Mein Name ist Konrad Walter, ich leite in Wielandstadt die Buchhandlung."

„Wir kennen Sie, Herr Walter, weshalb wollen Sie uns sprechen?"

„Ich möchte Ihnen einen Vorschlag machen, also darf ich herein kommen?"

„Kommen Sie, Herr Walter, und lass uns Ihren Vorschlag hören. Wollen Sie etwas trinken?"

„Nein, Herr Weisel, ich muss bald wieder los, denn mein Vertreter will bald nach Hause gehen. Also, ich habe gehört, dass Ihre Familie eine Audio vorbereitet hat. Ich meine, dass viele Bürger kein Gerät für die Audio haben, deshalb denke ich daran, dass Sie oder Ihre Frau mal darüber nachdenken, ob für solche

Leute nicht eine Broschüre mit den Balladen sinnvoll sein kann. Kann das Ihre beiden Berufe vertragen?"

„Herr Walter, es sind auf der Audio 28 Balladen, wenn ich daran denke, würde das etwa über 100 Seiten sein, was müssten wir dann dafür zahlen?"

„Bei uns müssen Sie nur einen Teil der Druckkosten zahlen, so etwa bei einer Auflage von 15.000 Broschüren mit 175 Euro. Also, überlegen Sie noch, ich fahre jetzt heim, hier meine Visitenkarte noch."

Iris war zufrieden, Eduard, das können wir doch leisten:

„Herr Walter, als mein Einverständnis bekommen Sie, wann brauchen Sie mein Manuskript, also und wie lange brauchen Sie dann zum Druck?"

„Wenn ich das Skript habe, etwa eine Woche. Sie rufen mich bitte an, dann hole ich es bei Ihnen ab. Also, viel Erfolg beim Schreiben."

Er ging davon und Iris machte sich sofort daran, die ersten Balladen in den PC zu schreiben. Nach vier Tagen war sie mit den 28 Balladen schon fertig.

„Eduard, was hältst du davon, wenn wir nach 10 Balladen immer wieder ein Foto von uns einsetzen. Fotos mit unseren Instrumenten."

„Du bist wieder voll drin, natürlich, dann suchen wir sie bald aus. Als Titelbild sollten wir unsere Familie einsetzen. Mir ist heute noch etwas eingefallen. Auf der Rückseite sollten wir von uns ein paar Biografien aufführen."

„Mein Schatz, das ist ein toller Einfall gewesen. Gleich morgen werde ich eine Vorlage machen und dir am Abend zeigen."

„Und ich werde eine Liste von Fotos machen und du dann am Abend sehen."

Nach zwei weiteren Tagen riefen sie bei Walter an, dieser sagte ihnen, dass er gerne am Nachmittag um 17 Uhr zu ihnen komme.

Pünktlich war er bei ihnen, sie hatten gerade ihr sogenanntes Abendbrot zu sich genommen.

„Herr und Frau Weisel, ich hätte nie gedacht, dass Sie so eifrig waren. Frau Weisel, Sie haben ja sogar die Größe, wie ich sie brauche, fertig gemacht und auch Ihre Fotos vorne, in der Mitte und auf der Rückseite gefallen mir gut, vor allem weil sie wunderbar zum Inhalt passen. Danke Ihnen, in 10 Tagen wird die Broschüre auf dem Markt sein."

„Herr Walter, wir sind eben ein gutes Team, können Sie uns sagen, wie viele Broschüren wir bekommen?"

„Machen Sie mir eine Liste von Ihren Leuten, denen Sie eine Broschüre schicken wollen, ich werde sie dann entsprechend bestücken. Tschüss ihr beiden, bis bald."

Als er fort war, füllte Iris eine Liste von 18 Leuten aus, die sie normaler Weise anschreiben oder anrufen mir deren Adressen. Nach acht Tagen schon rief Walter an, um zu sagen dass er morgen mit der Auflage fertig sei. Iris sagte ihm, dass sie bei ihm vorbeikomme, um die Liste der Adressen abzugeben.

Am Abend berichtete sie Eduard von dem Anruf des Herrn Walter.

„Mein Schatz, ich habe den Verdacht, wir werden bald reich sein, oder was denkst du?"

„Ja, Liebling, wir werden bald Nachricht vom Verkauf unserer Audio bekommen und dann noch vom Verkauf der Broschüre zu unseren Berufsgeldern."

„Denke, dass wir davon auch Steuern zahlen müssen, wie wollen wir noch sparen? Oder sollen wir einige Sachen kaufen von dem Nebengeld?"

„Nun, meine Idee: wir bauen unseren Wintergarten aus, und lassen darauf mehr Voltage-Solarien anlegen, so sparen wir noch mehr Stromkosten. Außerdem hätte ich gerne ein neues Auto und du auch, denn unsere Wagen haben schon 75. 000 Kilometer darauf."

„Du hast wieder einmal Recht, mein Liebling, also werde ich mich als nächstes darum kümmern. Denn so bekommen wir auch noch etwas für unsere beiden Autos."

„Ich denke auch so, mein Lieber, warten wir also ab, was uns die Werke bringen. Jetzt mache ich etwas zum Essen, dann machen wir es uns gemütlich."

So machten sie es und nach 14 Tagen hatten sie schon über 100.000 € auf ihrem Konto. Danach regelten sie alles, was sie besprochen hatten. Und sie beschlossen noch, dass Iris weitere Balladen schreibt, und sie eine weitere Audio fertigstellten. Damit war auch Ulf sehr zufrieden.Auch Martina wurde immer besser und war begeistert vom den Terminen der Eltern. Sie hatte sich auch mit einem Jungen, David, angefreundet, und dieser spielte Cello bei dieser Familie. Iris und Edmund waren zufrieden mit ihm und freundeten sich auch mit seinen Eltern. Und Iris war fleißig und hatte bald eine tolle Summe zusammen: Liebe, die keine Grenzen kennt

Nicht der Eigennutz speichert die Liebe,

so etwas kennen nur Diebe.

Liebe versteht sich nur im Miteinander,

um zu leben und bitten gegeneinander.

Refr.

Liebe, Liebe, Liebe gewährt mein Leben,

wenn Gerechtigkeit und Frieden mir gegeben.

Halleluja, Halleluja immerfort in mir,

was ich täglich in dein Ohr singe dir.

Liebe, Liebe, Liebe immerfort,

soll sein zu jeder Zeit und jedem Ort

Doch manchmal fehlen doch Worte.

Egal an welchem Orte.

Wo ist denn der, der mich geschaffen,

und mich nicht behandelt wie Affen.

Herr, mein Gott und Schöpfersinn,

halt mich, lehre mich in Geist und Sinn.

Refr.

Liebe, Liebe, Liebe gewährt mein Leben,

wenn Gerechtigkeit und Frieden mir gegeben.

Halleluja, Halleluja immerfort in mir,

was ich täglich in dein Ohr singe dir.

Liebe, Liebe, Liebe immerfort,

soll sein zu jeder Zeit und jedem Ort

Doch manchmal fehlen doch Worte.

Egal an welchem Orte.

*

Ist einander verstehen und miteinander leben eine Illusion?

Da gibt es alle Jahre hinauf-hinunter wieder,

gleichlautend Datums, Monate, Jahre wieder.

Viele glauben an Vision ständig daran,

doch sind nicht Daten alle für jedermann?

Kann so ein Wunsch seine, ihre Illusion?

Nein, Nein, Nein, wenn Gedanken sein soll?

Refr.

Lasst Verstehen, Leben uns begleiten.

Ein Miteinander auf allen Seiten.

Das schenke uns Gott in Gnaden,

damit Geist und Sinn immer darin baden.

Wo begegnet uns nicht immer Realität,

die uns täglich in den Medien ständig quält.

Wenn Politik uns Krisen vorgaukelt,

und unsere Illusion in Nichts verschaukelt.

Wenn wir glauben an Gottes Geist,

dann uns keiner in Politik und Medien beißt.

Refr.

Lasst Verstehen, Leben uns begleiten.

Ein Miteinander auf allen Seiten.

Das schenke uns Gott in Gnaden,

damit Geist und Sinn immer darin baden.

Halten wir uns fest, glauben an Familien,

das hilft das in Nachbarschaften vielen.

Es ist schön, wenn alles gemeinsam tun,

dann wird auch quälender Gedanke ruhen.

Einander Verstehen, daher keine Illusion,

Nein, ein Miteinander ist gefördert schon.

Refr.

Lasst Verstehen, Leben uns begleiten.

Ein Miteinander auf allen Seiten.

Das schenke uns Gott in Gnaden,

damit Geist und Sinn immer darin baden.

Ist eine Kirche zufrieden in deiner Nähe,

und fördert in Bereichen Ökumene?

Dann sollten Pfarrer-Räte einig sehen.

Mit der Gemeinde gemeinsam ständig gehen.

Wenn auch oft der Wind grausam weht,

Dann bitte seht von wo er weht.

Refr.

Lasst Verstehen, Leben uns begleiten.

Ein Miteinander auf allen Seiten.

Das schenke uns Gott in Gnaden,

damit Geist und Sinn immer darin baden.

*

Himmel, wo bist du?

Sitzt man wieder auf der Wiese

und denkt wieder an die Krise.

Lass einander leben und verstehen,

was uns gewährt Bestehen.

Halleluja, Halleluja, Halleluja,

Himmel, bist du da, wo da?

Schenkst du mir ein gutes Leben?

Daran denkt oft man so eben.

Halleluja, Halleluja, Halleluja

Sitzen wir nicht alle im einen Boot,

genießen deine ewigen Brote?

Haben wir nicht Kummer und Sorgen.

Wenn wir allein uns versorgen?

Halleluja, Halleluja, Halleluja,

Himmel, bist du da, wo da?

Schenkst du mir ein gutes Leben?

Daran denkt oft man so eben.

Halleluja, Halleluja, Halleluja

*

Was bin ich doch ein armes Schwein,

muss denn das immer so sein?

Wo ist und bleibt die liebe Frau?

Die mir gewogen in rot und blau?

Meine Liebe selbst im Himmel ist,

nun weiß ich auch was Liebe ist.

Möcht gerne, was ist schon dabei,

fühl mich bei ihr innerlich frei.

Doch frei im Leben kann ich nicht sein.

Zu viele Meldungen brechen mir das Bein.

Wer heilt mir so Problem und Pein,

zu viele Trän hab ich schon geweint.

Wo gibt es einen Mensch in der Welt,

der von Liebe und Güte viel hält.

Denn wer Licht und Wahrheit im Herz hat,

dann hat das Leben einen Sinn gehabt.

Alle in der Familie waren mit den Balladen einverstanden und zufrieden. Auch Ulf Siebert war mit dem Ergebnis sehr begeistert, vor allem auch mit der Musik. In Erwartung auf neue Finanzen verkauften Iris und Edmund ihre Autos und kauften sich neue, dann bauten sie ihren Wintergarten aus und bekamen von ARC-SOFT neue Voltage Anlage. Als alles geregelt war und Iris und Edmund gemütlich den strengen Arbeitstag im Wohnzimmer zusammen.

„Mein Lieber, wenn das so weitegeht, kam mir heute in den Sinn, ob ich weiter schreibe und meine Arbeitsstelle aufgebe?"

„Liebste, das kam mir auch schon nahe, aber denke daran, wir haben doch beide auch Erfolg in unserem Beruf, und weiter, wenn uns

eines Tages etwas passiert, sind wir dann froh, dass wir einen Beruf haben."

„Ja, da hast du Recht, also warten wir es ab, wie es bei uns weitergeht. Aber jetzt lass uns schlafen gehen."

Sie tranken ihren Wein aus und gingen zu Bett und hatten sich noch lieb. Am nächsten Morgen beim Frühstück rief Ulf an und fragte, ob sie am Freitag Zeit hätten, um mit dem Chor die neuen Balladen einzuüben, er hätte sie gerne dabei. Sie sagten im zu und fuhren in ihre Arbeitsstellen nach Wielandstadt. Am Nachmittag rief sie Martinas Lehrerein an:

„Frau Weisel, ich musste Martina und ihren Freund David in die Klinik einweisen, sie haben beide den Verdacht auf Neurodermitis. Der Doktor wird Sie heute Abend zu Hause anrufen und Bescheid sagen."

„Danke für den Anruf, Frau Wunder, am besten ich fahre nach Feierabend in die Klinik. Haben Sie die Eltern von David schon informiert?"

„Nein, Frau Meisel, ich habe die Telefonnummer von Winters nicht hier. Also rufen Sie bitte an."

„Mache ich sofort, dann können wir uns in der Klinik verabreden."

Iris rief ihren Mann an und sagte ihm vom Telefonat Bescheid. So fuhren sie am späten Nachmittag in die Klinik. Auf dem Parkplatz sahen sie Maria und Udo Winter und sie begrüßten sich. Dann gingen sie in die Klinik und fragten nach den Zimmern von Martina und David. Als sie auf dem Gang waren, begrüßte sie Dr. Wunder, der Immologe.

„Schön, dass Sie hier sind, ich komme gerade aus dem Labor und habe das Ergebnis. Also, der David ist Schuld daran, denn er hat Martina mir Neurodermitis wohl infiziert."

„Herr Doktor, wir waren in den Osterferien mit David bei unseren Freunden in Costa Rica, da kann David sich wohl angesteckt haben, denn eines der Kinder dort hatte Ausschlag."

„Das, Frau Winter, kann richtig sein. Also, warten Sie bitte hier, ich gehe nochmal ins Labor."

Kurz danach kam Wolf-Dieter Kornelli zu ihnen.

„Hallo, ihr beiden Eltern, ich hörte von den Laborergebnissen eurer Kinder. Besuchen solltet ihr sie nicht. Aber mir kam plötzlich etwas in den Sinn, wollt ihr es hören?"

„Gut, Wolf-Dieter, was gibt es?"

„Also, unser jüngstes Kind hatte voriges Jahr auch Neurodermitis, als wir auf unserer Hazienda in Spanien waren. Der Doktor dort gab uns damals denRat, im Nachbarort San Juan mit dem Sohn an den Salinen dort zu fahren, am Rand im Matsch zu baden im Salinen Wasser auszubaden. Und das dreimal in der Woche. Und glaubt mir, unser Sotto wurde geheilt."

„Gibt es darüber einen Bericht?"

„Ja, Edmund, ich bringe ihn am Freitag zu Probe mit."

„Wir machen in zwei Wochen drei Wochen Urlaub, wie kommen wir denn dorthin?"

„Also, ich besorge euch in San Juan eine Unterkunft, ihr fahrt mit dem Auto durch Frankreich nach Spanien, fahrt dort in Creviente ab über die Bundesstraße 905 bis San Juan. Die Adresse schreibe ich euch auf."

„Danke, Wolf-Dieter, vielleicht fahren wir schon nächsten Sonntag, unsere Arbeitgeber haben für das Problem Bescheid."

Da kam der Doktor und sagte, dass die Kinder noch vier Tage hier in der Klinik bleiben werden.

Auf dem Parkplatz sagte ihnen Udo:

„Ich habe nächste Woche einen neuen Lieferwagen, damit sollten wir alle dann fahren, so brauchen wir nicht soviel Maute bezahlen."

„In Ordnung, Udo, dann holt ihr uns ab?"

„Aber ja, doch, also dann fahren wir am Montag um 8 Uhr in der Frühe. Dann geben wir am Freitag bei der Probe Wolf-Dieter Bescheid."

„Also dann euch beiden einen schönen Abend und macht euch wie wir keine Sorgen um unsere Kinder."

Sie fuhren dann alle heim und machten sich alle einen gemütlichen Abend. Am Freitag bei der Probe gab Wolf-Dieter die Adresse in der Nähe der Salinen in San Juan, den Bericht und eine Liste mit der Fahrtrute. Ulf sagte Iris und Edmund, dass er den Betrag von den neuen Balladen und Audios von 2.500 € auf ihr Konto einzahlen werde, und später den Rest auf ihren Fond bei HARMONIE.

Und als die beiden Familien in San Juan ankamen, gingen erst einmal zu Bett, die Kinder schliefen im Wohnzimmer. Am Morgen holte Maria das Brot aus dem Lieferwagen, und sie frühstückten alle. Als sie gefrühstückt hatten gingen sie mit den Kindern an die Salinen, badeten sie beide am Ufer eine halbe Stunde, danach wuschen sie die Kinder mit dem Salzwasser ab, so wie es im Bericht von Wolf-Dieter stand.So machten sie es in der Woche mehrmals, bis sie plötzlich sahen, dass die Kinder gesund waren. Mit dem Vermieter machten sie die zwei Wochen weiter aus und badeten alle drei Tage die Kinder bis zum Ende des Urlaubs. Als sie zahlen wollten, wurde ihnen gesagt, dass Herrn Kornelli die Wohnung besitze. Sie gaben ihm und seiner Frau jedem 500 € für die Bewirtung. Dann verabschiedeten sie sich und fuhren wieder nach Wielandstadt.

*

In der Stadtverwaltung hatte der Bürgermeister zu einer Sitzung einberufen.

„Schön, dass fast alle wieder hier zugegen sind. Meine Themen sollen heute sein: Integration von Ausländern in unserem Bereich. Und wieder einmal: die Medien im Land, deren Meldungen oft unter die Haut gelangen. Und dann auch wieder bei uns das Thema

Ökumene, denn dieses Thema scheint wieder zu schlafen. Also, jetzt los, was denkt ihr?"

„Walter, die Integration dachte ich bisher, dass bei uns in Wielandstadt es kein Fremdwort ist. Und dann passierte in Else das Malheur mit dem Mädchen Martina. Ja, es sollte soweit kommen, dass der Vater gefangen werden sollte, und nach Russland überführt werden sollte. Es wurde ja gut, dass die Behörden hier schnell aktiv wurden und die Familie mit neuen Namen ausgestattet worden ist. Bürgermeister, uns geht es doch hier auch finanziell gut, sollten wir nicht ein Gremien gründen, das in der Stadt und dem Umland die Augen offen hat, um solches gleich zu verhindern?"

„Konrad, da bringst du mich und sicher auch andere auf die Idee, auch unsere Polizei zu vergrößern.Ich werde mich mal an meinen Kollegen in Münster wenden, vielleicht kann er einige uns überlassen. Aber hier sind wir auch schon wieder beim nächsten Thema: fast keine Zeitung, Rundfunk oder Fernsehen hat das Thema von hier nicht aufgenommen, was ist das nur für eine Welt hier in Deutschland. Aber die Idee ein Gremium hier zu installieren, ist gut, dann möchte ich euch alle hier motivieren, Leute dafür zu gewinnen."

Alle nickten ihm zu und dann meldete sich Guido vom Kulturamt:

„Bis hier waren die Meldungen ja in Ordnung, Auch in Ordnung hier in Wielandstadt die Themen Ökumene. Trotzdem frage ich mich immer wieder, warum in vielen anderen Orten in Deutschland dieses Thema keinen Anklang findet. Weiß man dort nicht, dass das Konkordat von 1963 schon das Thema beschlossen hat? Selbst Martin Luther hat bei seinem Anschlag einen Passus bearbeitet. Und wie war es bei Christus und dem Zoller Zacharias? Dieser empfing bei dem Besuch Jesus einen Blitz im Hirn und er verteilte die Zölle an die Armen. Dieser Inhalt ist doch zu erweitern, oder? Denn wie viele Christen leben von Gottes Reich, dessen Türen immer offen sind. Und warum verträgt man bei uns nicht den Begriff von Mission, dem Thema der Liebe unter uns? Das sind Fragen über Fragen, wovon die Medien nichts verstehen oder verstehen wollen. Und selbst bei den christlichen Boten an jedem Sonntag oder Feiertagen scheinen von Ökumene keine Ahnung zu haben. Was sind wir doch so glücklich und Gott befohlen hier in Wielandstadt und Umgebung. Danke für meine Predigt hier."

„Guido, das war wieder einmal gut, und ich als Bürgermeister habe mich immer wieder gefragt, warum das Gemeindewesen hier anderswo kaum Gültigkeit hat. Aber auch, warum Konferenzen der Kirchen keine Veröffentlichung haben, denn oft sind auch Obere der evangelischen Kirche dabei. Da erhebt sich doch die Frage, warum dann Ergebnisse nicht veröffentlicht werden. Also ich werde bei der nächsten Konferenz der Bürgermeister versuchen, sie zu überreden und um Besuch der Bischöfe zu bitten, und dann das Ergebnis in die Öffentlichkeit zu tragen. Das nun meine Wille und meine Tätigkeit demnächst, Danke fürs Zuhören und macht es weiter gut. Tschüss." Alle verabschiedeten sich von ihrem Bürgermeister und machten sich auf dem

Heimweg. Die Mitarbeiterin nahm das Protokoll und schrieb es in den Computer. Am nächsten Tag sagte ihr Chef, dass sie das Geschriebene 15-mal ausdrucken sollte und an alle Bürgermeister der umliegenden Städte senden soll. Sie machte sich sofort an die Arbeit, suchte die Anschriften der Bürgermeister und schickte sie los.

Nach einer Woche kamen sie zum Bürgermeister nach Wielandstadt und sprachen mit ihm die Aktionen ab. Und siehe, ein paar Tagen später waren alle Zeitungen der Umgebung voll mit den Themen, und da meldeten sich sogar die Bischöfe und Oberen der Kirchen bei ihren Bürgermeistern. Einige hatten die Bemerkung, ob der Vatikan in Rom mit ihrem Wollen Proteste anmeldet, wenn auch das Konkordat von 1963 einen Beschluss dazu gemacht habe. Doch sie gaben ihm schon die Zustimmung für mehr Ökumene in ihren Bezirken, wie es das Beispiel von Wielandstadt zeigt.

*

Am Rand von Harburg hatten vor drei Jahren Ilona und Hanno Husemann ein Haus gebaut, die seid fünf Jahren in Münster geheiratet hatten. Dort war Ilona Lehrerin gewesen, Hanno war Berufschullehrer. Als sie in Harborn eingezogen waren, hatten sie bald in Wielandstadt ihre Jobs wie in Münster. Und bald darauf waren sie Mitglieder in HARMONIE, Ilona als Geigerin und Hanno als Paukenschläger.

Als sie eines Abends nach der Mahlzeit im Wohnzimmer beim Fernsehen saßen, meinte Hanno:

„Ilona, seid ein paar Tagen habe ich folgende Ideen gehabt: was denkst du über eine Schwangerschaft? Und wie in Wielandstadt und den Nachbarorten haben viele Solaranlagen auf dem Dach, sollten wir es nicht auch tun?"

„Ach, Hanno, ich glaube, ich bin schon schwanger, denn mir wird es seit einiger Zeit immer wieder schlecht und Schwindel erfasst mich, ich dachte schon zu einem Arzt zu gehen. Aber mit dem Solar das sollten wir doch machen, wenn wir das leisten können."

„Ach wäre das schön, wenn du, mein Schatz wirklich schwanger wärest. Und Geld haben wir für die Anlage genug, auf unserem Konto ist reichlich finanzielles Gut, so könnten wir wirklich Strom und Steuern sparen. Zumal unser Wolf-Dieter solche Anlagen installiert."

„Also, du meinst auch, ich sollte mal in der Klinik eine Untersuchung machen?"

„Ja, so ist es, hoffentlich hast du keine anderen Probleme."

Nach dem Frühstück rief Ilona erst in der Schule an danach in der Klinik und fragte nach einem Termin wegen ihrer Probleme. Sie erhielt sofort um 10 Uhr einen Termin, zog sich an und fuhr nach Wielandstadt in die Klinik. Dort erwartete sie schon der Chef:

„Hallo, Ilona, wie mir Katharina am Empfang sagte, hast du Probleme mit der Gesundheit?"

„Ja, Heinz, so ist es. In der Schule wurde es mir in der letzten Zeit oft schlecht, und danach schwindelig. Bin ich vielleicht schwanger?"

„Ilona, dann begleite ich dich erst zum Scanner und danach zum Labor. Komm jetzt mit mir."

Dort hatte Kollege Wunibald Krüger schon alles vorbereitet. Nach kurzer Zeit:

„Ilona, schau auf den Monitor, siehst du etwas?"

„Ja, meine Gebärmutter hat einen dicken Umfang, was heißt das?"

„Du bist schwanger und hast dort Zwillinge."

„Ilona, jetzt gehen wir schnell ins Labor."

„Gut, Heinz, muss mich anziehen."

Dann gingen sie einen Stock tiefer zum Labor. Nach einer Stunde hatten sie das Ergebnis und Heinz sagte ihr:

„Ilona, da sind kaum Auffälligkeiten, außer dein Cholesterin Spiegel ist hoch, wie ist denn eure Mahlzeit?"

„Also, Heinz, Hanno und ich essen doch sehr gut. Morgens essen wir unser selbstgebackenes Mehrkornmehl-Kümmelbrot zum Kaffee, dann gehen wir in unsere Schulen und unser Mittagsmahl essen wir erst um 15 Uhr. Das besteht abwechselnd aus Fleischiges mit Gemüse. Ja und abends lassen wir uns Quark mit Marmelade geschmückt beim Glas Wein gut schmecken, so geht es meistens in der Woche."

„Die Ilona scheint in Ordnung, doch in Zukunft solltest du Fleisch meiden und stattdessen Käsefrikadellen zu dir nehmen, das wird Hanno auch schmecken. Und denke daran, dass du jeden Monat einen Termin bei uns hast."

Sie verabschiedeten sich und auf der Rückfahrt kaufte sie im Supermarkt die Frikadellen und fuhr heim und bereitete die Mittags-

Mahlzeit vor, dass wenn Hanno heimkam, er sofort essen konnte. Danach fragte er:

„Ilona, Liebling, was hast aus der Klinik als Ergebnis?"

„Hanno, mein Schatz, was wirst du sagen, wir bekommen in 6 Monaten Zwillinge und in den nächsten Monaten wird es bei uns nur wenig Fleisch geben, denn mein Cholesterinspiegel ist etwas hoch, darum also solche Mahlzeiten wie heute, einverstanden?"

„Ach ich bin überglücklich, was kennstdu schon, ob Junge und Mädchen oder zwei Buben oder zwei Mädchen?"

„Genaues werden mir in einem Monat wissen, wenn ich zur Nachuntersuchung kommen muss. Schön wäre es ja, wenn es zwei Mädchen wären, oder?"

„Ich wünsche auch das, jetzt sollten wir aber überlegen, was wir dann machen werden, wenn die Kinder da sind."

„Wir sind doch beide klug im Kopf, doch wenn ich so denke, sollten wir unseren Beruf nicht aufgeben, sondern uns eine Hausdame zulegen, bist du auch der Meinung?"

„Ja, Hanno, daran habe ich auch schon gedacht, aber es kommen die Zeit und dann der Rat unter uns."

Sie legten sich eine halbe Stunde ins Bett und genossen dann, wie sonst den Abend, und schauten Fernsehen. Sie beschlossen auch, auf den Abendquark zu verzichten. Einen Monat später fuhr sie zur Nachuntersuchung und im Labor stellte man fest, dass der Spiegel vom Cholesterin gesunken war. Und dann erfuhr sie, dass es ein Bube und ein Mädchen sein wird. Das berichtete sie ihrem Hanno nach der Mahlzeit.

„Ilona, wunderbar, hoffentlich geht es dir weiter gut. Weißt du eigentlich, dass einige aus Wielandstadt und Umgebung im spanischen Torrevieja Yachten haben, und einige darauf wohnen?"

„Ich hörte in der Schule mal, dass einige Kinder in den Ferien auf einer Yacht gewohnt haben, aber sie wussten nicht wo."

„Siehst du, Liebling, sollte ich mal Wolf-Dieter fragen, ob er Kontakte dazu hat?"

„Macht das mal, mich macht so etwas neugierig, hast du eigentlich eine Zulassung zur Fahrt mit einem Schiff?"

„Habe ich, mein Schatz, denn nach dem Abitur habe ich gleich auf dem Möhnesee eine Prüfung gemacht und bin dort auch vielfach während des Studiums gefahren. Mal sehen, ob Wolf-Dieter sagt, dass meine Zulassung auch in Spanien gilt."

„Das wusste ich nicht, Hanno, doch ich bin sicher, also du bist auch bereit, eine Yacht in Torrevieja zu kaufen?"

„Ich denke, hier ist wohl eine Yacht billiger als dort, und wir fahren dann über den Rhein, die Rhone und Marseille bis in den Hafen von Torrevieja. Aber ich frage Wolf-Dieter erst nach den Bedingungen am nächsten Freitag bei der Probe."

„Ob ich solche Fahrt auch in der Schwanger-Schaft machen kann?"

„Ich denke doch, denn eine Schifffahrt schadet doch nicht, und wenn man langsam fährt, schadet es keiner Gesundheit. In Torrevieja, wenn wir dort wohnen, hilft das Klima sowohl den Blutdruck zu senken wie auch den Cholesteriengehalt."

„Du kennst dich ja wunderbar aus, Hanno."

„Das, meine Liebe habe ich bei meiner Prüfung zur Schifffahrt lernen müssen. Vielleicht hat ja Wolf-Dieter sogar einen Bericht darüber."

„Ich freue mich schon auf die Probe am Freitag, was er uns sagen wird?"

Neugierig fuhr Hanno sie am Freitagabend zur Probe, trafen dort bei der Ankunft gleich Wolf-Dieter, und fragten ihn, ob er am Ende mal mit ihm im Café Diehl mit ihm sprechen könne. Er sagte ihnen zu, rief seine Frau an und bat sie auch dorthin nach der Probe zu kommen. Nach der Probe bat Werner Hinzke sie beide zu einer Audienz am kommenden Montag um 17 Uhr.

„Darf ich euch vorstellen, dort sitzt meine Frau und wartet auf uns."

Sie begrüßten seine Frau und begannen das Gespräch, nachdem sie alle ein Croissant gegessen hatten, trat auch Werner Hampf ein und setzte sich zu ihnen.

„Also Hanno und Ilona, was habt ihr für Probleme? Hat es etwas mit unserer Installation zu tun?"

„Nein, Wolf-Dieter, nachdem meine Ilona in der Klinik untersucht wurde, hieß es, dass meine Frau schwanger ist, und Zwillinge erwartet. Wir wollten fragen, ob er einen Bericht über die Gesundheit in und um Torrevieja habe?"

„Ja, Hanno, du kannst eine Kopie schon morgen bei uns abholen, aber warum Torrevieja?"

„Unsere Zusatzfrage ist: wir möchten dort auf einer Yacht wohnen, wenn wir günstig eine bekommen. Hast du eine Antwort dazu?"

„Also, meine Frau und ich haben uns überlegt, ob wir unsere Yacht nicht verkaufen, denn wir haben dort eine Yacht gesehen, deren Ansicht uns beiden sehr gut gefallen hat. Wir bieten euch unsere Yacht Wölfin an, und wenn ihr sie haben wollt, sie ist 18 m lang und vier Meter breit und kostet dort Liegegebühr rund 3.200 Euro im Jahr, hinzu kämen noch Strom und Wasser Kosten von monatlich 76 €. Sie würde euch von uns 23.000 Euro kosten. Habt ihr die Möglichkeit?"

„Ja, Wolf-Dieter, wir haben genug, bekommen wir von dir den Vertrag und einen Bericht über die Hafenanlage von Marina?"

„Werner, machst du mir bis morgen einen Vertrag, denn die beiden wollen morgen zu mir kommen."

„Mache ich, bringe ich dir morgen um 10 Uhr, du bist im Büro?"

„Ja, Werner, samstags immer bis 13 Uhr, denn unsere Firma hat zurzeit viel zu tun."

„Wolf-Dieter, was müsst ihr samstags noch arbeiten?"

„Ja, Werner, wir haben in dieser Woche auf den Astra-Satelliten einen Piloten gemeldet und bemerkt, dass Digital eine neue Form hatte, und Winfried Schade hat sich sofort an die Arbeit begeben. Er hat für den Computer eine neue Grafik-Platte erfunden und inzwischen hat unsere Firma schon über 1.000 produziert. Ich bin inzwischen dabei, für das Patentamt unsere Erfindung zu melden, vielleicht, Werner, kannst du morgen das mal überprüfen?"

„Wolf-Dieter, das werde ich und dann werde ich morgen schon dein Patent einreichen."

„Danke, Werner, also ich denke, dass ich um 10 Uhr morgen schon fertig bin."

„So, Wolf-Dieter, als ich hereinkam, hörte ich, dass du deine Yacht in Torrevieja verkaufen willst, was soll das?"

„Werner, ich habe bei meinem letzten Besuch auf meiner Yacht einen Skipper aus England gesprochen, und festgestellt, dass seine Yacht 5 Meter länger und einen Meter breiter ist als meine. Er will sie verkaufen und fragte mich, ob ich sie haben will. Ich habe sie mir angeschaut,und bemerkt, dass seine Yacht sogar besser war eingerichtet war, als meine. Beim Kaffeetrinken im Marine Club hat er mir dann ein Angebot unterbreitet, das ich gerne angenommen habe. Ja, und jetzt habe ich Ilona und Hanno ein Angebot für meine Yacht gemacht."

„Nun, ihr beiden wollt auch Wieland Skipper werden?"

„Ja, Werner, wir waren es schon vor einigen Jahren auf dem Möhnesee, Wolf-Dieter hat uns ein schönes Angebot gemacht, das wir gerne annehmen."

„So, es ist nun spät geworden, treffen wir uns alle Morgen bei mir im Büro von ARC-SOFT."

Sie machten sich alle auf den Heimweg, und Ilona und Hanno sprachen unterwegs noch von der Harmonie unter den Wielandstädter. Zu Hause gingen sie bald ins Bett. Beim nächsten Morgen nach dem Frühstück rief Wolf-Dieter bei ihnen an und sagte ihnen, dass er gestern Abend noch seine neue Yacht vom Engländer per Mail bekommen habe, und fragte sie noch, ob sie sich zwei Tage Urlaub in vier Wochen machen könnten, er fliege nach Spanien und würde sie gerne mitnehmen. Sie waren einverstanden, machten sich frisch und fuhren in die Schulen. Nach der dritten Stunde hatten sie frei und fuhren zu ARC-SOFT.

„Wolf-Dieter, ich habe heute Morgen dein Patent an das Amt per Amtsschreiben weiter geschickt, am Montag wird deine Firma die

Zulassung erhalten. Ja, und hier, Ilona und Hanno, ist euer Vertrag mit Wolf-Dieter, er hat schon unterschrieben, hier gebe ich in euch, jetzt solltet ihr bald den Betrag überweisen."

„Wir haben heute Morgen schon 18.000 € überwiesen, aber was sehe ich, du willst ja nur 15.000 € für deine Yacht."

„Also, lasst den Betrag auf meinem Konto, den Rest zahle ich für euch in diesem Jahr an das Office in Torrevieja."

„Wolf-Dieter, du bist genial, was sind wir froh, dass wir hier im Gebiet wohnen."

„Nun, übertreibt nicht, wenn Deutschland so arbeiten würde wie wir hier in Wielandstadt, dann würde überall Harmonie herrschen, leider ist es so nicht. Ilona, du siehst plötzlich schlecht aus, was ist?"

„Mach dir keine Sorgen, eure Ilona ist schwanger und dabei schwankt oft mäßig."

„Gratulation, euch beiden, dann rate ich euch, vielleicht eine Woche Urlaub auf meiner Yacht zu machen, das wir dir, Ilona, gut tun, denn das Klima ist bald ausgezeichnet, und wird der Schwangerschaft gut helfen, ich gebe euch gleich die Berichte, wie versprochen."

Sie regelten noch alles und machten sich wieder heim.

„Ilona, was hältst du davon, wenn wir auf unserer Yacht dazu übergehen, dass wir ein Konto dort einrichten, und unsere Einnahmen von der Audio und den Broschüren auf diese Konto einzahlen. Lass uns mal einen Spaziergang machen durch Wielandstadt, vielleicht erhält man dort in der Nähe des Hotels ins Reisebüro gehen und fragen dort nach einer Broschüre über Spanien?"

„Hanno, ich glaube nicht, aber ich war gestern Abend noch im Internet und habe Torrevieja gewählt, das gibt es auch in Deutsch, dann können wir es ja ausdrucken."

„Schatz, du bist wiedermal ein Engel, also sollen wir es gleich machen, oder willst du Siesta machen?"

„Ja, dann gehe du ins Büro, ichgehe auf die Couch und ruhe ein wenig."

So machten sie es. Hanno ging ins Internet und rockte bei <Torrevieja.de> ein, stellte den Drucker an und druckte Themen aus, die ihn neugierig machten, so gelangte er auch in die CAM-Bank. Dann suchte er unter diesem Aspekt noch eine Autofirma und informierte sich darüber und druckte es aus. So hatte er fast eine Broschüre Torrevieja zusammen. Inzwischen war auch Ilona aufgewacht und richtete die Mahlzeit her. Hanno brachte aus dem Büro die Unterlagen mit und sagte ihr, dass sie das am Nachmittag gut studieren werden. So machten sie es auch am Sonntag und besprachen, was sie bei der Ankunft dort alles erledigen wollten. Für die CAM-Bank nahmen sie 15.000 € mit, als sie in Hubschrauber von Wolf-Dieter saßen. Was sie im auch dann sagten. Dieser sagte ihnen, dann könne er nicht auf dem Flugplatz in Alicante parken, sondern in seinem Park in Sieste. Von dort werde er sie dann mit dem Auto von seinem Diener zum Hafen bringen lassen. Die Schlüssel gebe er ihnen mit. Er gab ihnen auch seine spanische Visitenkarte, wenn es Ilona sehr schlecht auf der Yacht gehe, ruft ihr mich hier in Sieste an, in seiner Nähe dort gebe es eine gute Klinik.

Dort gelandet fuhr der Verwalter sie zum Hafen nach Torrevieja. Dort parkten sie im Hafenpark, und Wolf-Dieter zeigte ihnen ihr Schiff <Arena> von außen und von innen. Wie vom Foto waren Hanno und Ilona begeistert, was dort alles angebracht worden ist.

„Seht, ihr beiden, dort am anderen Kai liegt mein neues Schiff, das grüne dort mit dem Aufbau."

„Wolf-Dieter, die Yacht dort sieht ja wie neu aus, wie alt ist sie?"

„Hanno, diese Yacht ist gerade ein Jahr alt, nun, ihr beiden, ich habe sie erworben, weil ich euch auch als Skipper hier im Hafen haben wollte, ich habe sie auch günstig erhalten, weil der Engländer, von dem ich sie habe, an der Niere krank wurde und seine Krankenkasse in London die Behandlung hier nicht bezahlen wollte. Jetzt macht er dort Dialyse und kann die Yacht nicht mehr gebrauchen."

„War es nicht bei uns jemand, dessen Frau die Dialyse hier nicht bezahlt wurde und sie dann gestorben ist?"

„Ja, das war Knuth, dessen Juliane ist aber gestorben, weil sie auf der Fahrt nach Wielandstadt eine Lungenentzündung bekam und kurz vor Wielandstadt starb."

„Hatte dieses Paar nicht ein Haus hier in der Nähe?"

„Ja, in Ciudad Quesada, das mussten sie verkaufen, weil ein viertel Jahr Knuth die Dialyse bezahlen musste. Wie ist es, wollt ihr hier jetzt wohnen?"

„Ja, Wolf-Dieter, dann holen wir unser Zeug aus deinem Auto."

„Schaut mal aus der Kajüte hinaus, da steht schon alles, übrigens dort in dem Trans-Port Koffer sind Speisen, Getränk steht noch im Kühlschrank hier, Mikrowelle und Brotbackmaschine stehen dort auf der Stellage."

„Danke, war das alles im Preis drin?"

„Ja, und die Anmeldung hier im Office hat mein Verwalter schon erledigt, ihr braucht dort nur noch die Eingangscard abholen, wenn ihr ein Auto hier haben wollt."

„Ach, mein Lieber, was sind wir beide froh, dass wir hier und in Wielandstadt die Harmonie erfahren, wir möchten dort sehr gerne alt werden und Kinder bekommen."

„Gut, wenn es überall doch so wäre, ach, habe es vergessen: Da drüben am Hafenende gibt es einen Supermarkt namens Dial Prix, dort könnt ihr einkaufen, und in der übernächsten Straße dort gibt es eine CAM-Bank, wohin ihr das Geld einzahlen könnt. Habt ihr etwas zum Schreiben?"

„Ja, mein Notizbuch, was soll ist schreiben?"

„Eure Anschrift: sie lautet: Porto Deportivo Internacionale 03131 Torrevieja. Hast du es, Hanno? Denn ich müsste jetzt nach Sieste zurück, also macht es gut hier, Ilona bleibe gesund."

Ilona und Hanno räumten ihre Sachen auf das Schiff, und luden viele in den Kühlschrank. Dabei fanden sie auch 6 Kornmehle und Ilona backte ihr gewohntes Brot. Sie fand alles in dem Transportgefäß.

„Ach, Ilona, uns scheint es gut zu gehen wie zu Hause, in dem kleinen Büro war ich auch im Internet, also ich bin begeistert."

„Hanno, in einer halben Stunde ist unser Brot fertig, dann können wir heute um 16 Uhr unter Essen schmecken lassen. Bis dann möchte ich gerne Siesta machen, komme du bitte auch mit in die Kajüte."

Hanno stellte sein Notebook ein mit dem Wecker. Im Nuh waren sie im Schlaf.Sie wachten auf, als der Wecker vom Notebook weckte. Ilona ging und kochte ihnen Kaffee.

Im Brotkasten war das Brot noch nicht krustig und Ilona stellte noch einmal eine halbe Stunde Backen ein. Inzwischen kochte sie in der Mikrowelle Gemüse, dabei merkte sie, dass sich die Zwillinge in ihr bewegten. Sie setzte sich und streichelte ihren Bauch. Als sie damit fertig war und das Brot gekühlt war, schnitt sie zwei Scheiben ab und deckte den Tisch.

„Hanno, was ist, wach auf, es gibt zu essen:"

Da keine Antwort kam, ging sie zu ihm und schüttelte ihn wach. Dann nahmen sie die Speisen ein und genossen es wie zu Hause.

„Ilona, das war wieder gut, lass uns jetzt noch schauen, was es in dem Supermarkt gibt, das wir gebrauchen können."

„Gut, auf jeden Fall brauchen wir Nachschub in Butter und Käse, vielleicht gibt es dort auch Obst und Schinkenwurst, die ich für das Gemüse gerne hätte. Übrigens, unsere Zwillinge haben sich schon bewegt, ich habe sie gestreichelt."

Sie schlossen das Schiff ab und gingen hinüber zum Supermarkt. Dort kauften sie das Gewünschte ein und nahmen als Obst Äpfel und Bananen mit. Auf dem Heimweg sahen sie die CAM-Bank, gingen hinein und zahlten auf ihr Konto die 10.000 € ein, den Rest behielten sie. Sie erhielten auch eine Card mit der Pin Nummer. Als sie im Hafen auf den Kai gingen, sahen sie vor der Schiffstür den Verwalter von Wolf-Dieter, der sie in Deutsch ansprach.

„Ich sehe, ihr habt eingekauft, dann bunkert es ein, ich möchte euch was zeigen."

Sie schlossen auf und legten alles in den Kühlschrank hinein. Dann gingen sie wieder hinaus.

„Dann kommt mal mit mir. Ich zeige euch etwas. Seht ihr da vorne den Opel mit den gelben Streifen?"

„Ja, Mathias, wem gehört es?"

„Es gehört euch, kommt mit mir ins Office."

Dort erhielten sie eine Card mit der Aufschrift von diesem Hafen. Man sagte ihnen, dass sie damit ins Sanitätshaus da vorne zur Toilette und in die Brause Eingang hätten und mit dem Auto hinaus und hinein. Sie mussten im Voraus 70 € bezahlen. Dann gingen sie hinaus zum Auto.

„Geh bitte einer von euch zum Yacht und hole die Fahrzeugpapiere und schließe die Tür, denn ich möchte von euch nach Sieste gebracht werden."

Hanno eilte und kam wieder mit einer Klein-Tasche. Sie setzten sich ins Auto und fuhren Mathias nach Sieste. Unterwegs zeigte er ihnen den Lido Supermarkt.

„Wenn ihr Mehl für das Brotbacken braucht, oder Sprudel oder sonst etwas, dort solltet ihr dann einkaufen. Dort ist es billiger als im spanischen Supermarkt, wenn der Nachschub aus Deutschland gekommen ist, das geschieht meist am Dienstag der Woche."

„Mathias, was kostet denn das Auto hier?"

„Also, nur die Anmeldung auf euren Namen, das Auto hat mir Wolf-Dieter bezahlt. Ich bekomme gleich von euch noch 30 Euro."

In Sieste angekommen zahlte ihm Hanno 40 € und fragte nach den Papieren. Er zeigte sie im Schubfach an der Seite, das auch geschlossen war, und reichte den Schlüssel darüber.

Sie verabschiedeten sich und Ilona und Hanno fuhren heim in den Hafen und parkten direkt am Kai, wo ihre Yacht stand.

„Hanno, hier hast du die Karte vom Musikinternat, hast du ihnen schon eine Mail geschickt?"

„Nein, das habe ich wohl noch nicht beachtet, mache ich gleich aber nach unserem Abendbrot."

So machte er es, bald kam die Mail vom Musikinternat zurück mit viel Erfolg für die Zukunft.Das berichtete er Ilona, Sie unterhielten sich noch eineZeit und gingen bald schlafen.

Am nächsten Morgen nach dem Frühstück machten sie eine Einkaufsliste und fuhren danach zum Lido Supermarkt und kauften ein, was sie auf der Yacht noch brauchten. Danach machten sie einen Spaziergang durch den ganzen Hafen, um sich die Einfahrt und Ausfahrt zu erörtern. Das machten sie, um am kommenden Tag mal nach Palma auf Mallorca zu fahren. In Alicante machten sie Station und gingen zum Flughafen, um einen Flug in der nächsten Woche mit Air Berlin nach Frankfurt zu buchen. Damit reisten sie dann weiter nach Palma und schauten sich die Stadt an. Dort aßen sie auch ihre Mittags-Mahlzeit. Danach fuhren sie gemütlich nach Torrevieja zurück. Kurz davor merkte Hanno, dass sie kaum noch Sprit hatten. Er sah an der Hafenpforte eine Tankstelle und tankte voll. Als sie am Kai anlegten, sagte Ilona:

„Hanno, ich gehe mal schnell auf die Toilette, gib mir mal die CARD."

„Gut, warte bis ich die Seile angelegt habe, dann kannst du gehen. Ich folge dir dann später. Bei mir im Bauch regt sich auch etwas."

Sie gingen gemeinsam in den Sanitätsraum und gingen auf die Toiletten. Danach gingen sie bald wieder schlafen. Am nächsten Morgen nach dem Frühstück, sagte ihr Hanno, dass er heute am Sonntag mal das ZDF im Fernsehen suchen werde, wo sie dann um 9.30 Uhr den Gottesdienst auf der Yacht feiern werden. Er fand es gleich, ebenso deutsche Radio Sender wie Klassik Radio. Er rief Ilona und sie setzten sich und sahen sich den Gottesdienst an. Danach:

„Hanno, beim Rundgang durch den Hafen habe ich die Kathedrale erblickt, sollten wir sie heute mal besuchen?"

„Gut, das könnten wir machen, also gehen wir um 11.30 Uhr mal dorthin."

Dort angekommen, hörten sie beim Eintritt den Chor dort, wie er in Deutsch die Missa Solemnis hörte. Sie drehten sich um und erblickten ihren HARMONIE Chor, sie gingen hoch und gingen zu Ulf, als das Lied zu Ende war.

„Na, ihr beiden, Ilona und Hanno, schön dass ihr hier seid."

„Ja, Ulf, wir leben hier noch drei Tage auf unserer Yacht hier, Mittwoch fliegen wir wieder heim."

„Habt ihr den Flug um 11.30 Uhr nach Frankfurt?"

„So ist es, Ulf, warum fragst du?"

„Wir auch, habt ihr noch etwas vor heute? Wir fahren nach dem Gottesdienst nach Málaga, und machen heute Nachmittag dort ein Konzert. Wollt ihr mitfahren mit uns?"

„Wir haben nichts vor, haben aber unsere Instrumente nicht mitgenommen."

„In Málaga dort gibt es im Konzertsaal Instrumente, die wir vor einigen Jahren dort gekauft hatten, als wir dort plötzlich ein Konzert machen sollten. Aber jetzt müssen wir wieder singen, die Lesung ist zu Ende."

Ilona und Hanno sangen mit dem Chor mit, und fuhren im Bus mit allen Richtung Málaga. Bei dem Konzert dort erhielten die beiden ein Instrument und spielten beim Konzert ihre Solos, als sie an die Reihe kamen und sangen die Ballade dazu mit dem Chor und den Instrumenten. Der Beifall nahm kein Ende und sie sangen und spielten noch <Freude schöner Götterfunke>.

Als sie das beendet hatten fuhren sie alle wieder Richtung Torrevieja. Ilona und Hanno verabschiedeten sich und gingen auf ihre Yacht mit dem Gruß, dass sie Übermorgen sich im Flugzeug treffen. Am Kai trafen sie den Verwalter Mathias, der ihnen sagte, dass sie ihr Auto auf dem Hafenparkplatz stehen lassen können, er werde sie zum Flugplatz nach Alicante bringen und gab ihnen schon die Bordkarten und den Flugschein von Air Berlin.Hanno zahlte ihm den Flugpreis und gab ihm noch 30 € für die Fahrt nach Alicante.

Zu Hause angekommen packten sie die Koffer ins Haus und fuhren dann nach Wielandstadt zurück, um im Supermarkt für die nächsten Tage einzukaufen. Wieder zu Hause machten sie eine Stunde Siesta, danach machten sie sich Speisen zur Mahlzeit etwas fertig. Gingen zum Nachbarn, um zu sagen, dass sie wieder da seien. Diese luden sie zum Kaffee und Kuchen ein. Dabei berichteten Hanno und Ilona von ihren Erlebnissen auf dem Schiff und in der Stadt Torrevieja.

„Schade, dass wir schon so alt sind, sonst hätte ich Lust, mir dort auch noch ein Schiff zu kaufen, um dort zu leben."

„Nun, dass könntet ihr auch, doch ihr seht ja, wir haben unser Haus ja auch nicht verkauft, und euer Haus ist ja noch schöner als unseres."

„Das ist wahr, aber wenn wir Urlaub machen wollen, könnten wir ja euch mal fragen, wo wir in Torrevieja wohnen können?"

„Wenn wir nicht dort sind, könntet ihr ja auch auf unserer Aurora eine Woche wohnen. Oder?"

„Das muss nicht sein, gibt es dort nicht ein Apartment bewohnen, und wir schauen eure Yacht dann an?"

„Das könnt ihr sowieso, wir bringen euch mal eine CBN vorbei, dort könnt ihr dann suchen. Aber ihr seht, hier herrscht Frieden, hört euch mal meine Ballade an:

Frieden in der Welt

Wer die Harmonie verehrt,

glaubt auch an Frieden vermehrt.

Wer Lied und Gebete verpicht,

hat Schaden an Körper, Geist Verzicht.

Hunger und Armut allerorten.

Da helfen keine leeren Worte.

Kennt nicht die Ursache ein Jeder,

da gibt es kein oder / weder.

Wer die Harmonie verehrt,

glaubt auch an Frieden vermehrt.

Wer Lied und Gebete verpicht,

hat Schaden an Körper, Geist Verzicht.

Regiert die die Macht des Bösen?

Dann müssen Menschen das lösen.

Weiß jeder doch Bescheid,

und doch will keiner helfen heut.

Wer die Harmonie verehrt,

glaubt auch an Frieden vermehrt.

Wer Lied und Gebete verpicht,

hat Schaden an Körper, Geist Verzicht.

Ein Krieg nie heilig sein kann,

keine Religion sich fühlen soll im Bann.

Wer eifrig müht sich in Ökumene,

dem erfüllt sich Frieden in der Seele.

Wer die Harmonie verehrt,

glaubt auch an Frieden vermehrt.

Wer Lied und Gebete verpicht,

hat Schaden an Körper, Geist Verzicht.

Ist Gottesglauben nicht uns im Blut?

Ist das nicht unser höchstes Gut?

Terror, Korruption hier keinen Platz,

auch wenn ein Weltbild uns zeigt Hatz.

Wer die Harmonie verehrt,

glaubt auch an Frieden vermehrt.

Wer Lied und Gebete verrichte,

hat Schaden an Körper, Geist Verzicht.

„Ilona, das klingt aber gut, kann man das auch Schriftlich oder Mündlich erwerben?"

„Ich werde von unserer eine Kopie anfertigen, dann könnt ihr von HARMONIE alle Balladen hören oder auch lesen."

„Seid ihr beiden Mitglied bei HARMONIE?"

„Ja, schon seit einigen Jahren, seit wir hier sind. Aber wenn ich euch eine Audio Kopie mache, könnt ihr sie abspielen?"

„Ja, wir haben eine Anlage nach unserem Scheiden von HARMONIE gekauft, also das ginge."

„Dann werde ich Norbert Hinzke anrufen, um für euch eine Audio und die Broschüre zu bringen, das macht er, oder soll ich sie für euch dort holen?"

„Das wäre noch besser, denn der Norbert wir sicher Geld von uns haben wollen. Und du, Hanno, kannst sicher mit ihm reden."

„Das mache ich gerne, morgen fahren wir sowieso nach Wielandstadt zur Probe, wir fahren etwas früher und gehen bei Norbert vorbei. Ihr seht ja, Harmonie an allen Orten, wäre das schön."

„Da hast du Recht, denn uns stört auch alles, was in Funk und Fernsehen berichtet wird, wisst ihr beiden, warum es immer noch nicht klappt, warum die Gesellschaftspolitik in Wielandstadt nicht überall gültig seien kann."

„Das quält uns auch, weshalb wir damals aus Serbien hierher gezogen sind. Wir dachten damals auch, wie es hier zugeht, kann es doch überall sein. Aber nun müssen wir wieder zu uns gehen. Danke für die gute Unterhaltung."

Als sie wieder zu Hause waren, klingelte das Telefon, es war Ulf Siebert:

„Hallo, habt ihr heute noch was vor, oder könntet ihr beiden heute um 19 Uhr zur Probe kommen? Ich habe am Freitag etwas vor?"

„Klar, Ulf, wir kommen heute. Übrigens, wir kamen gerade von unseren Nachbarn Hiller zurück, kannst du Norbert bitten, uns für sie die neue Audio und Broschüre geben, sie würden sich freuen, noch etwas von HARMONIE zu bekommen?"

„Klar, mache ich gleich, denn die Hillers waren ja bei uns fast 25 Jahre. Also bis nachher."

Und siehe, bei der Probe konnten sich Ilona und Hanno darauf verlassen, dass Ulf ihnen die die Broschüre und Audio gab.

„Also, Ilona und Hanno, Norbert hatte es wohl versäumt, den Hillers die Sachen zu bringen, wie er mir sagte, also diese hier sind umsonst, damit ihr sie einfach übergeben könnt."

„Danke, Ulf, das werden wir machen. Aber sag mal, wie hat dir unsere neue Ballade gefallen?"

„Habt ihr nicht bemerkt, dass Christian sie gleich aufgenommen hat?"

„Nun, wir waren beide ja so konzentriert, dass wir es wirklich nicht bemerkt, also mach was daraus."

„Ist doch klar, also jetzt muss Schluss sein, meine Liebe wartet schon auf mich."

„Tschüss und Gruß, wir fahren auch jetzt

heim und reichen die Broschüre und Audio gleich unsrem Nachbarn."

Sie setzten sich in ihr Auto und fuhren heim. Vor der Gartentür standen die beiden Hillers.

„Danke für die Sachen, habt ihr beiden Lust auf Pfannkuchen? Hilde hat sie vorhin gebacken?"

„Gut, dann gehen wir mit zu euch."

Sie ließen sich es schmecken, und Hanno berichtete, was Ulf ihnen von Norbert gesagt hatte und dass sie auch nichts bezahlen brauchen.

Nach dem Essen gingen sie in ihr Haus und schauten noch ein wenig Fernsehen, dann gingen sie schlafen. Sie wachten auf, als vom Nachbarhaus das Halleluja von Haendl herüberdrang. Sie standen auf und machten ein Frühstück fertig: für jeden eine Scheibe Brot und für jeden einen Apfel und eine Banane.

„Ach, Ilona, das war wieder ein gesundes Frühstück. Ich glaube, du musst heute noch ein frisches Brot backen?"

„Mache ich, aber ich muss gleich noch Mehl und Kümmel einkaufen, ich habe nicht mehr genug."

„Dann waschen wir uns und fahren dann nach Wielandstadt zum Supermarkt."

So machten sie es und als sie um 11 Uhr zurückkamen, stand Ulf vor der Gartentür:

„Hallo, ihr Lieben, ich habe für euch beiden die neue Audio von euch, hier habt ihr sie, ich denke, wir werden mit der Audio wiederErfolg haben."

„Danke, Ulf, dafür hättest du aber nicht kommen müssen, das hätte doch Zeit gehabt bis nächsten Freitag."

„Nun, ich wollte euer Haus mal ringsherum mal anschauen, ihr habt es doch wirklich schön hier, oder?"

„Das stimmt, und wir fühlen uns hier auch wirklich gut und billig, darum müssen wir jetzt hinein, denn sonst weichen einige gekaufte Sachen auf."

„Tschüss dann, ihr Lieben, also bis nächsten Freitag. Ilona, könntest du mir eine schöne Grafik für die neue Broschüre machen?"

„Ulf, mache ich noch fertig, denn ich habe schon damit begonnen, wenn sie fertig ist, bringe ich sie dir."

Er ging und sie gingen ins Haus. Hanno räumte ein und Ilona begann das neue Brot zu backen. Dann ging sie an den Computer und bastelte ihre Grafik weiter und setzte sie in Farben um, bis die Brotmaschine erklang, dass das neue Brot fertig sei. Sie öffnete die Maschine und nahm das Brot zum Kühlen heraus. Da schaute sie durchs Fenster in den Garten und sah, dass Hanno die Zweige der Büsche schnitt.

„Hanno, wie lange brauchst du noch?"

„Ich brauche noch etwa bis 15 Uhr bis zu unserer Mittagsmahlzeit."

„Gut, ich arbeite noch etwas weiter und richte dann unsere Mahlzeit ein."

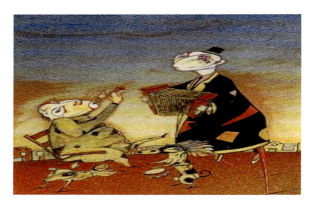

Doch nach kurzer Zeit kam er ins Büro: „Hallo Ilona, das sieht aber gut aus, jetzt musst du nur noch einen Titel hinzu fügen, ich denke an ‚Machst in Harmonie' und dazu dann unseren Jahrgang."

„Gut, mein Lieber, so machen wir es, bist du im Garten schon fertig?"

„Ja, mein Schatz, er sieht wieder gut aus, speichere noch und wir bereiten das Mahl vor."

So machten sie es und danach eine Stunde bei Musik Siesta, und tranken noch einen Kaffee bis Ilona am PC weiterarbeitete. Sie fügte zum Titel noch hinzu: überall und die Jahreszahl zu Weihnachten 2010. Und alles in schönen Farben zu der Grafik, die Schriften oben machte sie im Halbkreis, ebenso die Schrift zum Jahr. Als Hanno sich das anschaute, war er hoch begeistert von ihrer Arbeit.

„Ilona, schicke sie per Mail an Ulf im Anhang wie du es gespeichert hast."

„Ja, so werde ich es machen. Gib mir bitte nochmal dein Password, denn ich finde es nicht mehr."

Hanno gab es ihr und sie ging ins Internet und schrieb Ulf, dass im Anhang ihre Grafik vorliege. Er solle antworten, ob sie so richtig sei.

Kurz darauf kam eine Mail von Ulf zurück, sie sei wunderbarbar und werde sie gleich in die Druckerei bringen mit ihren Balladen.

Ilona war zufrieden und berichtete es ihrem Hanno.

„Ilona, es scheint, dass wir beide bald nicht mehr im Beruf arbeiten, denn wenn wir hierbei und bei unseren Kompositionen weiter Erfolg haben, sollten wir so weiter arbeiten, oder?"

„Ach, Hanno, wenn unser Kind geboren ist in 5 Monaten, können wir uns zwischenzeitlich in HARMONIE umschauen, wo es eine Witwe ohne Kinder gibt, die Interesse an unserem Kind zeigen kann. Vielleicht sollten wir in der Nächsten Zeit unser übriges Geld in einen Fond bei der Sparkasse mit Zinsen einzahlen und dann an einen Anbau an der Seite unseres Hauses für die Frau denken."

„Ach, Ilona, die bist wieder wie ein Engel auf Erden, gut, das werden wir tun, wie du gesagt hast, aber ich werde bald schon unseren

Architekten hier fragen, wie er sich das denkt, und wie wir ihn kennen, wir er bald die Baumaßnahmen ergreifen, ich denke an ein Wohnzimmer und Schlafzimmer, kochen kann die Frau ja bei uns in der Küche."

„Hanno, deine Ideen sind genauso wunderbar, also lassen wir mit Karl, dem Architekten bald reden, sobald wir unser Geld haben."

„So machen wir es", er sagte es, und Ulf rief an:

„Also, ich habe eine gute Botschaft für euch, in Wielandstadt wurden heute schon 3,200 Audios und rund 1000 Broschüren verkauft. Ich habe gerade 4,800€ auf euer Konto eingezahlt."

„Danke, Ulf, könntest du mal den Architekten Karl informieren, er soll uns mal anrufen."

„Wofür braucht ihr einen Architekten?"

„Du weißt doch sicher, dass ich wieder schwanger bin, aber wir beiden wollen danach wieder arbeiten und brauchtest eine Frau, die unsere Kinder beaufsichtigen können, deshalb möchten wir einen Anbau für sie bauen."

„Ilona, ich hätte bei uns im Chor Mathilde, die vor kurzem Witwe wurde, sie ist noch jung, wie du weißt, aber ich denke, dass sie mit ihrem Kind Lilolette für diese Tätigkeit zur Verfügung steht, denn ihre Firma in Else hat sie gekündigt, als sie die Tochter bekam. Also ich sage dem Karl gleich Bescheid."

Er legte auf und Ilona berichtete Hanno vom Gespräch. Am kommenden Montag nach ihrem Frühstück rief Karl an und fragte, wann er kommen soll. Hanno sagte ihm, dass um 17 Uhr einer von beiden wieder zu Hause sei. Er war einverstanden und sagte noch, dass er bis dahin die Zeichnung fertig habe.

Als am Wochenende ihre Tochter Martina zu Hause war, berichteten ihre Eltern vom erwarteten Geschwisterchen, das im halben Jahr geboren werde. Nach dem Gespräch mit Karl brachten sie ihre Martina wieder zur Musik-Schule und sich selbst zur Arbeit.

Am Montag erhielten Hanno und Ilona um 16.30 Uhr schon Feierabend und fuhren schnell nach Hause. Ilona kochte noch schnell Kaffee, und als der fertig war, läutete es und Karl kam herein, und genoss den Espresso.

„Darf man bei euch auch rauchen?"

„Karl, lass uns dort auf der Terrasse rauchen, Ilona ist schwanger."

Als sie dort Platz genommen hatten, zündeten sich die beiden ihre Zigaretten an, wobei sie Kaffee und den Plan studierten.

„Karl, wir müssen den Plan noch ändern, denn wir haben eine Frau, die mit ihrer Tochter kommen wird, also entweder das Wohnzimmer abtrennen und zwischen Wohnzimmer und Schlafzimmer ein Kinderzimmer einrichten."

„Hanno, das ist schon beim Bau möglich, ich kenne doch Mathilde, habe dem Paar doch vor vier Jahren die Wohnung in Else besorgt. Also, ich werde Mathilde anrufen und fragen, ob sie mit der Größe des Kinderzimmers einverstanden ist. Übrigens, in zwei Wochen kann der Anbau beginnen."

„Karl, jetzt habe ich noch die Frage: wie teuer kommt der Anbau?"

„Ich bekomme 100 € für den Plan, der Baumeister Harnfried Biedermann sagte mir, dass er 2.500 € haben will, wollt ihr nicht noch eine Küche einrichten?"

„Nein, Karl, Mathilde wird in unserer Küche kochen und essen."

Karl verabschiedete sich und fuhr wieder nach Wielandstadt in sein Büro und rief Mathilda an, dann verbesserte er den Plan und ging in seine Wohnung, wo seine Frau schon auf das Essen wartete.

Nach drei Wochen war der Anbau fertig und Mathilda zog mit ihrer Tochter dort ein, als ein Möbelwagen einen Teil der Möbel aus Else eingerichtet hatte. Hanno nahm sich an dem Tag frei und half den beiden Transporter.

„Hanno, ich habe vergessen, meine Wohnung in Else zu kündigen, hier gefällt es uns beiden gut, was müssen wir den dir zahlen?"

„Mathilda, du bekommst von uns beiden monatlich ein Jahr lang 1.250 € Gehalt. Wenn du bis dahin unser Haus in Ordnung gehalten hast. Und wenn deine Tochter ein Jahr älter ist, dann nehme ich sie morgens mit in den Kindergarten in Wielandstadt mit und hole sie auch am Nachmittag wieder ab."

„Ach, Hanno, ich sage es ja immer wieder, alle von Harmonie sind wie die Engel im Himmel, Danke für dein Angebot."

„Nun, dein Dank ist überflüssig, also können ich und meine Ilona auf die Hauspflege hoffen, du bekommst morgen früh von uns die Schlüssel zu unserem Haus."

„Wann hat denn Ilona die Geburt ihres Kindes?"

„Wir denken, nach fünf Monaten wird der Tag anbrechen."

„Soll ich gleich zu meinem Vermieter fahren wegen der Kündigung?"

„Mathilda, ruf bitte Werner Hampf an, er soll die Kündigung an den Vermieter schicken und gib ihm deine neue Adresse an. Werner wird alles in die Wege leiten."

Sie ging mit ihm ins Haus und sprach mit Werner Hampf. Dieser sagte ihr, dass er sich darum kümmere. Hanno fragte sie noch, ob sie das Auto ihres verstorbenen Mannes behalten soll. Er sagte ihr, sie soll es und fragte sie noch, ob ihre Tochter auch musisch scheint. Sie bestätigte es und denke, dass sie später ins Internat gehen kann.

„Mathilda, dann sehen wir mal, wie sie sich mit unserer Martina verhält, sie ist auch dort und kommt immer am Wochenende zu uns, seit sie krank war."

„Ich weiß, was mit ihr passiert ist, ich werde sicher bei ihr aufpassen, wenn ich mich hier eingerichtet habe."

*

Bei der Gemeindeverwaltung melden sich Maria und Heinz Biedermann.

„Hier unsere Ausweise, wir haben vernommen, dass es in Else ein leerstehendes Haus gibt, wir würden es gerne erwerben und dort einziehen und erwerben."

„Und weshalb ziehen sie hierher, darf ich das fragen?"

„Wir haben gehört, dass es hier in Wielandstadt eine gute Harmonie gibt und hier auch viel Musik gemacht wird. Maria spielt sehr gut Klarinette und ich spiele Posaune."

„Gut, ich melde Sie schon mal an und werden mit Rechtsanwalt und Notar Dr. Werner Hampf sprechen und Sie auch beim Amtsgericht anmelden. Was machen Sie denn beruflich?"

„Maria ist selbständige Schneiderin und Meisterin, und ich bin Elektromeister und arbeitete seit drei Jahren als Computerspezialist."

„Nun, ich glaube, dass Sie hier auch beruflich weiterkommen. Ich habe mir reichliche Notizen gemacht und werde sie gleich ausführen. Wenn Sie noch einen Moment draußen warten, dann bringe ich Sie nach Else, wo Sie ihr Haus dann begutachten, danach Werde ich Ihren Antrag gleich beim Notar einreichen. Ich glaube, sie haben genug Geld?"

„Wir haben 320.000 € auf unserem Konto, das müsste reichen?"

„Dann warten Sie noch ein wenig, ich schreibe eben noch den Kaufvertrag für den Notar Hampf."

Kurz darauf fuhren sie nach Else zu dem Haus. Es gefiel ihnen sofort und sie gingen hinein. Auch die Zimmer und der Garten waren zufriedenstellend.

„Maria, wir brauchen nur noch wenig Möbel von uns. Frau Hensel, an wen müssen wir den Kaufpreis bezahlen, gibt es denn Nachkommen der Verstorbenen?"

„Den Kaufpreis hat Notar Hampf. Die Nachkommenden Kinder wohnen alle in Florida, dort wird Hampf den Preis dann zahlen. Wollen Sie wieder wegen der Möbel nach Hause fahren?"

„Wenn wir in Wielandstadt oder hier wohnen können, dann werden wir unseren Hausmeister dort anrufen, um zu sagen, welche Möbel wir geliefert haben möchten."

Sie fuhren dann nach Wielandstadt zu Werner Hampf.

„Norbert, das sind Maria und Heinz Biedermann, die am Haus von den verstorbenen Wander interessiert sind, hier habe ich den Kaufvertrag von den beiden."

„Dann reichen Sie mal Ihre Ausweise."

„Hier sind sie und auch die Formulare unseres Bausparvertrages."

„Danke Ihnen, das Haus in Else soll 250.000 € kosten, Sie bleiben also reich. Jetzt noch meine Frage: was sind Sie von Beruf und was können Sie noch?"

„Herr Notar, meine Frau ist Schneiderin und Meisterin, ich bin Elektronen- Ingenieur und Fachmann für Computerwesen. Und wir sind nebenbei auch Musiker und haben bei uns im Orchester gespielt."

„Sehr gut, wollen Sie den gleich schon in Else wohnen?"

„Das wäre schön, würden Sie denn den Betrag von unserem Konto abbuchen? Hier unsere Kontonummer. Einige Möbel wird uns unser Hausmeister noch aus Weihern schicken, ich muss ihn nur anrufen."

„Gut, mache ich das mit dem Abbuchen. Welche Instrumente spielen Sie denn?"

„Maria spielt gut Klarinette und ich Posaune."

„Dann verstehe ich, warum Sie nach hier ziehen. Hätten Sie denn Lust, bei uns in der

HARMONIE mitzuspielen? Und wo werden Sie denn arbeiten?"

„Also, wenn ich hier keine Anstellung in meinem Beruf bekomme und Maria keine Stellung bekommt, dann machen wir in Else ein Geschäft aus. Und in HARMONIE spielen wir gerne mit."

„Nun, warten wir es ab, wie es hier abgeht."

„Herr und Frau Biedermann, verlassen Sie sich auf den Notar, der wird schon alles richten."

Sie verabschiedeten sich, Julia Hensel fuhr sie zu ihrem Auto und ging wieder in ihr Büro, nachdem sie ihnen die Schlüssel für das Haus gegeben hatte.

Maria und Heinz fuhren los und sahen am Ende ein Lokal, wo sie zum Mittagessen einkehrten. Dort fragten sie nach einem Supermarkt und gingen danach das Nötigste einzukaufen und fuhren nach Else. Dort bezogen sie die Betten neu und machten dann Siesta. Als sie ein wenig geruht hatten, läutete es an der Gartentür. Er stellte sich vor als Winfried Schade von der Firma ARC-SOFT, der einen Koffer bei sich hatte. Sie ließen ihn herein und er machte den Koffer aus und entnahm dort ein Telefon und eine Mappe.

„Also, Herr Biedermann nehmen Sie das Telefon und schließen Sie es mit diesem Kabel an. Dann lesen Sie den Inhalt der Mappe und wenn Sie einverstanden sind, dann unterschreiben Sie und bringen die Mappe in unsere Firma zurück."

„Wo befindet denn Ihre Firma?"

„Sie fahren in Wielandstadt herein, fahren die erste Straße links herein und am Ende befindet sich ARC-SOFT."

Er fuhr wieder fort, und Heinz schloss das Telefon an und studierte mit Maria, die er aufweckte, was in der Mappe war.

Zunächst fanden sie den Aufnahmevertrag bei HARMONIE und dann einen Arbeitsvertrag für Heinz, der als Ingenieur bei ARC-SOFT ab nächsten Monat angestellt war.

„Maria, da zeigt es sich, in Wielandstadt geht alles schnell und gut, wahrscheinlich liegt das an den Begriff Harmonie."

„Das glaube ich auch, dann werde ich hier eine Schneiderei einrichten."

Da klingelte das Telefon, Heinz eilte hin:

„Maria, du wirst verlangt."

„Ja, hier Maria Biedermann?"

„Ja, hier Maria Humpelt, Meisterin der Schneiderei in Wielandstadt. Wir haben hier viel zu tun, das heißt ich, denn meine Mitarbeiterin ist vorige Woche gestorben. Werner Hampf sagte mir, Sie suchen als Meisterin Arbeit, ich würde Sie gerne mal sprechen:"

„Reicht es Ihnen nächste Woche, dann haben wir in Wielandstadt zu tun bei ARC-SOFT."

„Gut, in der Straße dorthin am Anfang habe ich mein Geschäft. Also sehen wir uns dann."

Es klingelte wieder am Tor. Dort stand ein

Lieferwagen von ARC-SOFT. Ein Mann stieg aus und entnahm aus dem Wagen einen Computer und einen Monitor.

„Herr Biedermann, lassen Sie mich herein, ich möchte etwas einrichten."

Heinz ließ ihn herein und der Mann schloss den Computer an die Telefonleitung an und den Monitor auf den Seitentisch. Dann prüfte er den Computer im Internet und loggte sich bei ARC-Soft ein. Es funktionierte.

„Herr Biedermann, haben Sie eine Homepage?"

„Ja, sie heißt: Hei.Bieder@msn.de"

Der Mann loggte sich ein kündigte MSN und verbesserte die Homepage mit der E-Mail Anschrift von ARC-SOFT und sagte Heinz, dass diese Page kostenlos sei. Dann ging er. Inzwischen hatte Maria Kaffee gekocht und sie tranken ihn. Danach berichtete Heinz ihr wieder von dem Wohlwollen von Harmonie und verriet ihr seine neu Homepage und den

Server, wobei er seine E-Mail Anschrift behalten habe. Dann rief Ulf Siebert an und sagte dem Heinz, ob er schon den Mitgliedsantrag habe und abgeschickt habe.

„Herr Siebert, warum fragen Sie, die Unterschrift heißt doch Norbert Hinzke. Den Antrag wollten wir am Montag bringen."

„Also, Heinz, erstens duzen wir uns und am kommenden Freitag haben wir in der Geschäftsstelle Probe, ich hoffe, ich sehe euch beiden dabei um 17 Uhr?"

„Ja, das steht ja auch im Vertrag, aber wir werden kommen, duzen sich denn alle im Chor und Orchester?"

„Ja, alle Mitglieder in HARMONIE duzen sich, denn alle handeln auch harmonisch. Also wir sehen uns, Gruß an Maria."

Dann machten sie Notizen von den Möbeln, die sie noch brauchen können aus ihrem Wohnzimmer und der Küche. Heinz rief dann den Hausmeister an, um ihm die Notizen vorzulesen und mit einem Möbelwagen zu schicken und die Wohnung beim Vermieter zu kündigen. Er versprach alles.

Zwei Tage später traf der Möbelwagen ein, die beiden Männer räumten in das Haus nach Anleitung von Ilona alles ein. Dann fuhren sie wieder heim.

„Ilona, müssen wir nicht neuen Einkaufens, oder hast du Mehl und Kümmel für das Brotbacken?"

„Heinz, das hatte ich sowieso vor, für ein Brot habe ich noch genug, soll ich mit dem Backen beginnen?"

„Ach, das wäre schön, denn mir schmeckt das gekaufte Brot nicht richtig, also los, noch haben wir Zeit."

Nach zwei Stunden war das Brot fertig, sie rief Heinz und probierten es mit Käse darauf.

„Ach, Maria, das schmeckt ja wieder gut, also werden wir nächste Woche mehr Kornmehl und den Rest dafür, unsere Brotmaschine ist ja wirklich gut."

„Das fühle ich auch, wollen wir hoffen, dass wir beim Backen immer Zeit dafür haben."

„Also, ich denke, zunächst haben wir sie, und wenn wir arbeiten, dann werden wir das Wochenende dafür nutzen. Also werden wir morgen wieder zum Einkaufen in den Supermarkt fahren. Also ich glaube, wenn wir arbeiten, sollten wir unsere Mahlzeiten immer zum Feierabend essen, oder?"

„Richtig, wir sollten weiter gesund leben, also nach dem reichhaltigen Frühstück mit Obst dazu, ein Doppelbrot nehmen wir zur Arbeit mit und abends koche ich Gemüse mit Fleischwurst und Nudeln."

„Das klingt wieder vernünftig, also morgen wird entsprechend eingekauft."

Es wurde Abend und nach dem Essen, gingen sie nach den Nachrichten im Fernsehen bald schlafen. Nach dem Frühstück am nächsten Morgen fuhren sie zum Einkaufen und anschließend in die Schneiderei, wo Ilona auf Bitten ab kommenden Monat Arbeit hatte. In der übrigen Zeit richteten die Leute von ARC-SOFT ihnen die Solaranlage ein und schlossen daran den Strom an, bis auf die Kühlmaschine, Gefriertruhe und Waschmaschine. Diese mussten an der Stromleitung bleiben. So sparten sie eine Menge Geld im Strom.

Am Anfang des neuen Monats fuhren sie nach Wielandstadt. Heinz setzte seine Liebe in der Schneiderei ab, er fuhr zu ARC-SOFT weiter und erfuhr, in welcher Abteilung er arbeiten sollte.

„Maria, wir haben ja noch reichlich Geld, solltest du nicht auch ein Auto haben, dann wären wir bei Fahrten zur Arbeit unabhängiger?"

„Heinz, vor der Schneiderei stand ein Ford, an dessen Fenster hing ein Verkaufsschild. Die Dame sagte mir, es sollte 1.650 € kosten und sei drei Jahre alt."

„Hast du ihre Adresse?"

„Ja, sie heißt Wiltrud Hensel und wohnt in Harborn."

„Dann hole ich die morgen wieder ab und wir fahren nach Harborn."

„Ja, so werden wir es machen. Dann gehe ich in der Mittagspause zu Bank und hole mir das Geld für das Auto. Versuche mal, ob wir die Telefonnummer von der Frau Hensel bekommen."

Heinz rief die Auskunft an und hatte die Nummer. Maria rief dann die Frau Hensel an, um ihr zu sagen, dass sie ihr Auto haben wolle und fragte sie, wo sie genau wohnt und sie solle den Ford am nächsten Tag bereitstellen und einen Auftrag an Maria Biedermann aufstellen. Sie sagte, außer ihrem Namen habe sie ihn schon fertig, sie werde ihren Namen einfügen. Maria sagte ihr, dass sie morgen das Geld mitbringe. Sie sagte ihr, dass sie morgen doch zur Anprobe käme um 15 Uhr. Das berichtete sie ihrem Heinz.

„Maria, dann fährst du mit ihr nach der Probe zur Zulassungsstelle und dort wird dann dein Name eingesetzt. Vielleicht auch eine Nummer. Vergiss bitte morgen deinen Ausweis und den Führerschein nicht mitzunehmen."

„Natürlich, Heinz, das habe ich vor und werde auch noch unseren Einwohner Bescheid mit einpacken."

„Ja, der ist sicher auch notwendig, wenn eine neue Nummer an das Auto kommt."

Am nächsten Tag ging alles seinen Weg, Maria hatte ein Auto mit einer neuen Nummer und bezahlt war es auch. So fuhren sie morgens gemeinsam los, Heinz zu ARC-SOFT und Maria zur Schneiderei. Ebenso in die Klinik, wie es mit der Schwangerschaft bestellt ist. Dort sagte man ihr, dass sie Zwillinge erwarte, einen Jungen und ein Mädchen. Sie solle sich schonen, damit nichts passiere.

„Du, Maria, das klingt gut, ich freue mich schon darauf, wann wird es soweit sein?"

„Ich bin im fünften Monat, also kann ich gut noch weiter arbeiten."

So geschah es und den beiden ging es immer besser.

*

Die Synode der Evangelischen Kirche in Deutschland (EKD) hat in Dresden über den Fortgang des kirchlichen Reformprozesses diskutiert.

Der Theologe Peter Bukow brachte den Entwurf einer "Kundgebung" ein, die vom Kirchenparlament verabschiedet werden soll. Bei der Tagung unter dem Motto "evangelisch Kirche sein" geht es um eine theologische Fundierung des Reformkurses, aber auch um konkrete Zukunftsschritte. Nach Beobachtung des Bonner Theologieprofessors Eberhard Haus hat sich der Reformprozess verlangsamt.

Zwischen Bewahren und Aufbrechen
Die evangelische Kirche sei "kein Verein zur musealen Pflege religiöser Traditionsgüter", sagte Bukowski, der Leiter des Vorbereitungsausschusses zum Schwerpunktthema. Die Kundgebung solle zur Klärung beitragen, wofür die evangelische Kirche stehe und was man von ihr in Zukunft unter veränderten Rahmenbedingungen erwarten könne. Der Reformprozess war im vergangenen Jahr durch das EKD-Impulspapier "Kirche der Freiheit" angestoßen worden, in dem weit reichende Reformanstrengungen vorgeschlagen werden.

Wir-Gefühl oder Misstrauen?
Der Kundgebungsentwurf wurde in der Aussprache kontrovers diskutiert.

Einige Synodale bemängelten, das Thema "Aufbruch" komme in dem vorgelegten Text wie auch im Motto "evangelisch Kirche sein" nicht genügend zum Ausdruck. Ursprünglich hatte die Synode bei ihrer Tagung in Würzburg im vergangenen Jahr die Formulierung "Kirche im Aufbruch" für das Schwerpunktthema der Tagung 2010 vorgegeben.

Für eine Stärkung des "Wir-Gefühls" in der evangelischen Kirche sprach sich der Frankfurter Synodale Max Schumacher aus. Das Ratsmitglied Beate Scheffler (Düsseldorf) registrierte eine in der Kirche verbreitete Kultur des Misstrauens gegen "die da oben".

Bessere Gottesdienste - und Mission Synoden-Präses Barbara Rinke äußerte sich optimistisch, dass es im Zuge der Strukturreformen in Zukunft auch zu Zusammenschlüssen von Landeskirchen kommen werde. Der demografische Wandel lasse keine Alternative dazu. Der EKD-Ratsvorsitzende Wolfgang Huber warb vor den Synodalen für eine Konzentration auf drei Themenbereiche im Reformprozess auf EKD-Ebene: Qualitätsentwicklung im Blick auf den Gottesdienst, missionarischer Aufbruch in Gemeinde und Region sowie Führungs- und Leitungsverantwortung.

Der sieht unter anderem eine Stärkung der EKD-Synode vor. Eine gestärkte Synode könne "eine verbindlichere Gemeinschaft im deutschen Protestantismus" befördern", sagte Bukowski. Der Entwurf zielt auch auf eine bessere Koordination der "typisch evangelischen Vielfalt". So sollen Rat und Kirchenkonferenz künftig zu wichtigen Themen "Verabredungen zu ihrer öffentlichen Kommunikation" treffen. Zudem soll das gemeinsame Handeln in der evangelischen Kirche gestärkt werden.

Nach Beobachtung des Theologieprofessors Hauschild hat sich der kirchliche Reformprozess nach der Vorlage des EKD-Impulspapiers verlangsamt. Auffällig sei, dass in der Reformdiskussion die "provozierenden Zahlen" etwa zur künftigen Zahl der Landeskirchen vom Tisch seien. Allerdings seien die damit verbundenen Probleme nicht vom Tisch, konstatierte der Professor für praktische Theologie. Die evangelische Kirche habe ein "Leitungsvakuum" auf fast allen Ebenen.

Die Zuständigkeiten der kirchlichen Ebenen und Gremien müssten besser geklärt werden, empfahl Hauschild den Synodalen.

Die Tagung der EKD-Synode in der sächsischen Landeshauptstadt endet am Mittwochabend. Die Synode ist das höchste Entscheidungsgremium der EKD, die rund 25,4 Millionen Protestanten in Deutschland repräsentiert.

Nach den heftigen Angriffen des "Zentralrats der Muslime in Deutschland" auf die EKD und deren Ratsvorsitzenden Wolfgang Huber zeigt sich der Rat der EKD um Mäßigung bemüht. Er sehe darin keine ernsthafte Belastung für den Dialog mit den islamischen Spitzenverbänden, sagte der rheinische Präses Nikolaus Schneider dem "Kölner Stadt-Anzeiger" (Mittwoch-Ausgabe). "Ich will nicht sagen, der Ton ist klasse, aber ich rege mich nicht darüber auf."

Selbstkritisch müsse die EKD zur Kenntnis nehmen, "dass manche Äußerungen zur Islam-Frage offenbar so aufgefasst worden sind, als gehe es uns um eine billige Profilierung zu Lasten der Muslime", so Schneider in seiner - wie er ausdrücklich betonte - mit Huber abgestimmten Reaktion. Die EKD müsse sich fragen, welche Anteile sie daran habe, dass es zu einer "so aufgeregten und verletzten Wahrnehmung gekommen ist".

Der Generalsekretär des ZMD, Aiman A. Mazyek, hatte der EKD in einem Gastbeitrag für die Zeitung fundamentalistische Tendenzen vorgeworfen. Die EKD glaube, "polemisch ihr Profil am Islam schärfen zu müssen". Angesichts interner Debatten sei die Kritik an den Muslimen ein "plumpes Ablenkungsmanöver".

Der Ratsvorsitzende der Evangelischen Kirche in Deutschland (EKD), Bischof Wolfgang Huber, hat vom Islam mehr Ehrlichkeit im Dialog mit den Kirchen eingefordert. Die Diskussion werde leichter, wenn die Islamvertreter auf kritische Fragen eingingen statt ihnen ausweichen, sagte Huber zum Auftakt der EKD-Synode in Dresden.

Er unterstrich das Recht der Muslime in Deutschland zum Bau von Moscheen und zur freien Religionsausübung. «Dabei schließt das Ja zum Bau von Moscheen die kritische Auseinandersetzung über den Ort und die Größe, die Gestaltung und die Anzahl nicht aus.» Huber forderte, dass in Deutschland zum Christentum wechselnde Muslime genauso wenig bedrängt würden, wie Christen, die zum Islam überträten.

Die Religionsfreiheit sei ein universales Menschenrecht, betonte Huber in seinem Ratsbericht vor der Synode. «Wir machen unser Ja zur freien Religionsausübung von Muslimen nicht von der Frage abhängig, ob islamisch dominierte Länder den dort lebenden Christen Religionsfreiheit gewähren und auch den Übertritt zum Christentum als Ausdruck der Religionsfreiheit achten.» Allerdings fände die EKD sich nicht damit ab, dass es insbesondere Christen seien, die in der heutigen Welt unter Einschränkungen und Verletzungen der Religionsfreiheit zu leiden hätten.

Das Verhältnis zwischen der EKD und dem Islam ist seit einiger Zeit belastet: Im vergangenen Jahr hatte die EKD ein Positionspapier zum Zusammenleben mit Muslimen in Deutschland veröffentlicht, das bei muslimischen Gemeinden für Verstimmung sorgte. Für seine Meinung zum Moscheebau war Huber vor kurzem außerdem vom Zentralrat der Muslime gerügt worden. Auf der Synode in Dresden wies Huber die Forderung des Koordinierungsrats der Muslime in Deutschland zurück, den Dialog mit dem Islam auf dieselbe Ebene wie das christlich-jüdische Verhältnis zu heben. Dieses Verhältnis werde von der EKD als einzigartig betrachtet. Es solle von der Diskussion mit dem Islam nicht beeinträchtigt werden.

In der Ökumene warf der EKD-Ratsvorsitzende dem Vatikan mangelnden Respekt vor dem Protestantismus vor. Zwar hänge das Selbstverständnis evangelischer Kirchen nicht von einer Anerkennung Roms ab, doch sei wechselseitiger Respekt für ökumenische Fortschritte unerlässlich. Huber bezog sich auf die heftig kritisierte Erklärung des Vatikans vom Sommer, in der die Katholiken der evangelischen Kirche erneut absprechen, «Kirche im eigentlichen Sinn» zu sein. Der Bischof rief zu einem gemeinsamen Auftreten der beiden großen Kirchen zu gesellschaftlichen und politischen Fragen auf. Wenn beide Kirchen mit einer Stimme sprächen, könnten sie ihren Anlieger eher Gewicht verschaffen, als wenn sie getrennt agierten.

Als «skandalös» bezeichnete Huber die Kinderarmut in Deutschland, die sich mit dem wirtschaftlichen Aufschwung nicht verringert habe. Vielmehr habe sich die registrierte Zahl armer Kinder seit der Einführung des Arbeitslosengelds II im Jahr 2004 verdoppelt. Der Ratsvorsitzende forderte, den Kinderanteil für Hartz-IV-Empfänger von derzeit 208 Euro pro Kind «ganz erheblich» zu erhöhen. «An der Schnittstelle von Familien-, Sozial- und Bildungspolitik bedarf es eines radikalen Wandels, der dazu führt, dass Kinder nach ihren Fähigkeiten gefördert werden», sagte Huber.

Im Eröffnungsgottesdienst der Synode rief Sachsens Landesbischof Jochen Bohl die Kirchenvertreter dazu auf, den Menschen bei ihrer Suche nach Gott zu helfen, statt bloß über die Kirchenstrukturen zu debattieren. Der Gedanke an Gott gewinne eine neue Anziehungskraft in der Gesellschaft, sagte Bohl in der Kreuzkirche. An der Synode in Dresden nehmen Vertreter der 23 Landeskirchen teil. Weitere Themen des Kirchenparlaments sind die Strukturreform der Kirche und die Beratung des EKD-Haushaltsplans. Und wann wird es endlich soweit sein, dass alle Christen eine Einheit haben werden, dann werden auch die Muslime eine ganz andere Haltung zu den Christen haben. So die Meinung vieler in der Bundesrepublik und in ganz Europa. Das meint auch der Autor Kujo Hamm:

Wer mehr über den Autor erfahren will, der gehe in die Internet-Adresse www.kujamm.com, Dort gibt es viel zur Information.

Mach's in Harmonie, das ist und bleibt der Lebensinhalt von *Kujo Hamm*, und das wünscht er allen, die ihn mögen und die er noch treffen wird. Gott, Jahwe, Allah sei mit uns mit Gebet und Gesang in HARMONIE.

ISBN: 978-3-939783-37-7
€ 14,90

Einander verstehen und miteinander leben,
ein Motto des Autors Kujo Hamm